S

Charlotte Carter

Negra melodía de blues

Traducción de María Corniero

Nuevos Tiempos **Ediciones Siruela**

Todos los derechos reservados. Ninguna parte de esta publicación
puede ser reproducida, almacenada o transmitida en manera alguna
ni por ningún medio, ya sea eléctrico, químico, mecánico, óptico,
de grabación o de fotocopia, sin permiso previo del editor.

Título original: *Coq au Vin*
En cubierta: París (1952), foto de © Elliott Erwitt
Diseño gráfico: Gloria Gauger
© Charlotte Carter, 1999
© De la traducción, María Corniero
© Ediciones Siruela, S. A., 2006
c/ Almagro 25, ppal. dcha.
28010 Madrid. Tel.: 91 355 57 20
Fax: 91 355 22 01
siruela@siruela.com   www.siruela.com
Printed and made in Spain

Índice

Negra melodía de blues

Travelin' Light [Ligero de equipaje]	11
Why Can't We Be Friends?	
[¿Por qué no podemos ser amigos?]	27
I Didn't Know About You [No sabía nada de ti]	45
It Could Happen to You [Podría sucederte a ti]	59
Straight Street [La calle correcta]	69
Lush Life [La vida muelle y regalada]	75
Pop! Pop! Pop! Pop!	91
Mountain Greenery [Montes frondosos]	101
Parisian Thoroughfare [Vía pública parisiense]	109
What Is There to Say? [¿Qué se puede decir?]	113
What'll I Do? [¿Qué voy a hacer?]	123
Poor Butterfly [Pobre mariposa]	125
You've Changed [Has cambiado]	133
Do Nothing Till You Hear From Me	
[No hagas nada hasta que recibas noticias mías]	145
Wham Bebop Boom Bam	155
I Want To Talk About You [Quiero hablar de ti]	163
Parting Is Not Good-bye	
[Despedirse no es decir adiós]	179
Agradecimientos	183

Negra melodía de blues

Para Drew Gangolf

Travelin' Light[1]
[Ligero de equipaje]

Maldición, estaba hecha polvo. Me parecía que el saxofón pesaba más que yo.

Esa mañana había madrugado y me había puesto de inmediato a llenar el día de actividades, la mayoría necesarias pero casi ninguna urgente.

Estuve un rato tocando el saxo en el centro de la ciudad, justo al norte del barrio de los teatros, y saqué una buena pasta. Aquél no era mi territorio habitual. Escogí la esquina prácticamente al azar, fue un golpe de suerte. Tal vez la gente tenía la fiebre primaveral, las hormonas disparadas, pidiendo a voces canciones de amor. De hecho, ése fue el primer tema que interpreté: «Spring Fever». Cuando tocas en la calle es imposible saber por qué triunfas o fracasas. ¿Es por el humor del público? ¿Es por ti? ¿Es por la hora del día o la época del año? Sea por lo que sea, rematas tu actuación, te echas el dinero al bolsillo y te vas con la música a otra parte.

Después caminé a buen paso hasta Riverside Park y pasé otro rato tocando allí; cumplí mis dos horas de trabajo voluntario en el comedor para indigentes de la avenida Amsterdam; compré café en Zabar's; cogí el metro para ir al cen-

---

[1] Los títulos son grandes temas del jazz y del blues interpretados por Chet Baker, John Coltrane, Duke Ellington, Ella Fitzgerald, Nat King Cole, Bud Powell, Sonny Rollins, etc. *(N. de la T.)*

tro; compré una lengüeta nueva para el saxo en Bleecker Street; me llevé unas cuantas muestras de pintura de la ferretería; luego toqué otro rato en la parte baja de Park Avenue, más cerca de mi barrio.

Cualquiera diría que soy el colmo de la eficacia, ¿verdad? Una persona que va a por todas, una hormiguita industriosa. Pues no es así: soy más vaga que hecha de encargo.

Lo que pretendía aquel día era correr más deprisa que mis pensamientos. Ése y no otro era el motivo de que me afanara tanto con unas cosas y otras.

Durante la cena de la noche anterior, mi novio (un capullo llamado Griffin) me había comunicado, primero, que no iba a pasar la noche en mi casa porque tenía otros planes y, segundo, que tenía otros planes... punto.

Debería haberme dado cuenta de que pasaba algo raro cuando me citó en el pequeño café belga del Village que tanto me gusta y que queda en la otra punta de la ciudad. Él detesta la cocina de ese café, pero le resulta cómodo para ir en metro desde su casa.

No es la primera vez que me pasa algo así. La relación se encuentra en un punto crítico... o a veces no; sencillamente ha pasado un tiempo prudencial y hay que replantearse las cosas. Conozco a la familia de mi pareja. Mi madre quiere saber si esta vez «va en serio». Yo no paro de preguntarme: ¿Realmente nos va tan bien en la cama? ¿Debo seguir adelante o es mejor cortar?

Y a continuación, al cabo de un par de semanas, antes de que haya tomado una decisión definitiva, mi pareja rompe conmigo.

¿A qué viene esto?

Al final siempre acabo haciéndome esa pregunta: ¿A qué viene esto?

No me pasé la noche sollozando ni nada por el estilo. Volví a casa, me quité la ropa, puse la radio y vacié las botellas de licor que quedaban en el armario. Tuve una pataleta, no voy a decir que no, pero el tiesto de porcelana de la ventana del cuarto de estar se rompió casi accidentalmente.

Tardé siglos en dormirme. Sí, sobre las dos de la mañana ya había decidido que en la cama *realmente* nos iba *muy* bien. Cuando me desperté por la mañana empecé a hacer todo lo que he contado... como una loca.

Y me quedé agotada. Guardé el saxo y eché a andar por el camino más corto hacia mi casa, que está cerca de Gramercy Park.

Nuestro sin techo había vuelto. Hacía tanto que ningún vecino lo veía que ya lo habíamos dado por muerto. Pero ahí estaba de nuevo, con un collarín, tan malvado como siempre, pidiendo dólares y maldiciendo a cualquiera que osase darle calderilla.

–¿Qué haces que no te peinas? –me dijo a voces después de que le echara un centavo en el cubilete.

Me pasé a toda prisa por el supermercado y luego por la lóbrega tiendecita de licores de la esquina, donde el producto más selecto es el vino blanco de Chile.

Me serví una copa, encendí la radio y eché un vistazo al correo antes de acordarme de comprobar si tenía mensajes en el contestador.

–Nanette, soy yo. Te llamaba por lo de esta noche. Sigues pensando venir a cenar, ¿verdad? Es que tengo que contarte una cosa. Se trata de... yo... Bueno, ya te lo contaré cuando llegues. Ahora voy a salir a comprar algo de comer en Penzler's. Supongo que sigues tomando cerdo, mi niña.

¡Mamá!

Mierda.

Me había olvidado. Hacía un par de semanas le había dicho que por qué no quedábamos a cenar –me acerqué al calendario de la cocina– ...esa noche.

Esa noche no estaba de humor para ver a nadie, y no digamos para ver a mi madre, ante la que tendría que hacer el paripé: fingir que Griffin y yo estábamos en la gloria y que mi fabuloso –y totalmente ficticio– trabajo a tiempo parcial en la Universidad de Nueva York iba de maravilla. Siempre debía andarme con cuidado para no mencionar el saxo, a mis amigos de la calle ni cualquier otra cosa remotamente relacionada con mi oficio de música itinerante por las calles de Manhattan. Mi madre podría soportar el golpe si descubriera que mi trabajo docente era un embuste (al menos conseguía regularmente traducciones). Pero se pondría como una furia si supiera que tocaba el saxo en las esquinas, con un viejo sombrero de fieltro delante para recoger las propinas. Y yo tendría que darme a la fuga en el tren rápido de Queens.

En fin, me iba a ser absolutamente imposible acudir a la cita. Con el montón de exámenes que me quedaban por calificar. Y para colmo, con la neumonía que me había pillado, qué tos, Dios mío. No, esa noche no. Quizá al día siguiente, pero que se fuera olvidando de verme esa noche.

Tengo que contarte una cosa.

Empecé a darle vueltas a esa frase de jovencita chismosa. ¿Qué tenía esa expresión para preocuparme tanto? No era propia de la señora Hayes, eso es lo que pasaba. Y además, caí en la cuenta de que en su voz había un ligero temblor.

Ay, madre. Está enferma. Del corazón. Un cáncer.

Me precipité hacia el teléfono de pared y marqué su número. No contestó.

Me eché la chaqueta por los hombros y cerré la puerta.

A mitad de camino hacia el metro, comprendí que mi reacción era absurda. Había apenas unos tres millones de razones que podían tener preocupada a mi madre. Y aun cuando fuera algo relacionado con su salud, no había que deducir que la muerte estaba llamando a su puerta.

Entonces, ¿por qué no había cogido el teléfono? Probablemente seguía en Penzler's –la alternativa de Elmhurst a Dean and Deluca–, inspeccionando los pollos a la barbacoa y las chuletas de cerdo braseadas o haciendo cola para comprar medio kilo de ensalada de patatas. O tal vez estaba en el jardín. O había ido a casa de los Bedlow a por una tarta de frutas de las que preparaba Harriet.

Llegada a ese punto, ya estaba en la Sexta Avenida. En lugar de ir a la estación de la calle Veintitrés, que está en el norte, giré hacia el centro. Fue una decisión impulsiva. Así, de pronto, comprendí que necesitaba una copa antes de poner rumbo a la casa materna, y también necesitaba unas palmaditas tranquilizadoras de la única persona serena y perfectamente equilibrada en la que siempre podía confiar: mi amiga del alma, Aubrey Davis. De profesión: bailarina de topless.

Supimos desde muy pronto, más o menos desde los nueve años, que yo era un fenómeno para leer partituras de corrido, inventar embustes más convincentes que la verdad y falsificar la firma de mi madre. «Muy inteligente, pero un poco descentrada», le comentó a papá uno de mis profesores en una reunión de padres de alumnos.

Por su parte, Aubrey era la compañía perfecta cuando querías ver bailar bien. Se esforzó todo lo que pudo por enseñarme un par de movimientos. Pero como si nada. Los hombros los conseguía mover, y normalmente también las caderas... pero nunca de manera coordinada. En una pista de baile sigo pareciendo hasta el día de hoy un atracador que cae demasiado tarde en la cuenta de que su víctima va armada. A los catorce años, las dos habíamos llegado a la conclusión de que no tenía futuro como bailarina.

Fue en aquel entonces, un día de verano, cuando la madre de Aubrey la abandonó. Salió a jugar a las cartas con unos amigos y no volvió nunca más. En el colegio yo era toda una estrella, y Aubrey, cuando se dignaba estar con los demás, se convertía en el blanco de las crueles pullas de los chavales: se burlaban de su ropa, de su pobreza, de su madre y, con el tiempo, también de su moral relajada. Nadie habría dado un duro por las probabilidades de Aubrey de salir adelante en la vida. Pero se equivocaban. Mi amiga sabe cuidarse como nadie. Y nunca pierde un instante echando la vista atrás.

A lo que iba, ahora Aubrey es uno de los mayores atractivos del Caesar's Go Go Emporium, que es exactamente el tipo de antro que su nombre da a entender, vinculado al hampa de manera indirecta y situado en una esquina cutre de Tribeca, donde Robert de Niro aún no ha financiado ningún restaurante de emigrados.

Baila en topless, como ya he dicho antes, y la prenda con la que se cubre sus partes pudendas apenas merece el nombre de «tanga». Entre la paga semanal y las propinas se embolsa un sueldo fantástico, del que sólo declara a Hacienda una pequeña parte. No estoy al tanto de los detalles, pero creo que Aubrey tiene una cartera de valores envidiable gracias a uno de sus admiradores de Wall Street. Siempre está dispuesta a que le pegue un sablazo, pero hace mucho me juré evitarlo a no ser que estuviera en las últimas. Y es que basta que le pidas doscientos dólares para que haga un depósito a tu nombre en una cooperativa de crédito recién creada. Así de generosa es. Además es una belleza y yo la adoro. También la quiere mucho mi madre, que en su día se encargó de tratar de educarla por turnos con otros adultos del barrio.

A media manzana de distancia alcancé a oír el sonido atronador de un bajo. Caesar's. Detesto ese puñetero local. Detesto a los ejecutivos blancos que acuden en busca de su dosis de whisky aguado y de tetas flácidas. Detesto a la pandilla multicolor de maromos tipo obrero de la construcción, vestidos con camisetas Knicks, que beben cerveza y se gastan el salario en mamadas. No tengo ni un gramo de paciencia con ninguno de ellos. Pero Aubrey no es como yo. Ella comprende a los hombres... de todo tipo. Y hay que ver cómo les gusta, y cómo admiran sus muslos de caramelo Kraft, su cascada de pelo liso y su voz como la compota de manzana caliente.

No es de extrañar que Aubrey se haya convertido en una superestrella, por así decirlo, en Caesar's. Las otras bailarinas suelen ser universitarias aturdidas que prefieren menear el culo en un antro antes que trabajar en algún departamento de cosméticos, o putones enganchados al crack y a las pastillas. Aubrey, que ni siquiera se pasa con la bebida, pone todo de su parte cuando baila, concentrada, absorta. Se entrega en cuerpo y alma al trabajo, y los tíos se dan cuenta enseguida. Parece increíble, pero el caso es que se ve que la respetan.

No había nadie en escena cuando entré en la lóbrega sala. Las chicas estaban tomándose un descanso. Me abrí paso a toda marcha entre la multitud de hombres calentones y ya casi había llegado a los camerinos cuando oí una voz masculina que me llamaba por mi nombre. Me quedé paralizada un instante. Luego eché a andar de nuevo, pero la voz me llamó otra vez:

–¡Hola, Nan!

Me detuve y giré sobre los talones. Me parecía increíble que algún conocido mío pudiera ser cliente de un local así, y aún más que quisiera que yo lo *viera* allí.

Me alivió comprobar que no era más que Justin, el encargado del club. Estaba de pie al fondo de la barra, con su bebida preferida, ron añejo con tónica, en una mano y uno de esos cigarrillos ridículos de puro largos en la otra. Justin, que se califica a sí mismo de «macarra blanco de Elko, Indiana», es el fan más entusiasta de Aubrey. Claro que su admiración no tiene la menor dimensión sexual: el encargado de Caesar's es una auténtica reinona.

Justin siente por mí un desdén benigno que en la práctica se manifiesta como afecto. No me considera una *femme*, término con el que designa al tipo de mujer al que idolatra. (Las *femmes* son para él un subgénero de las mujeres en general, a las que denomina «siniestros totales».) A fin de cuentas, tiene toda la razón: no soy una *femme*; no me paso el día durmiendo, como Aubrey, ni salgo al mundo como un vampiro después de la puesta del sol; nunca me pinto las uñas; no tengo un solo liguero ni uso tacones de aguja antes de las nueve de la noche; llevo el pelo tan corto como Juana de Arco; no pienso que sacar bebidas de gorra sea una de las artes de la vida; no comparto la adoración que sienten Justin y Aubrey por Luther Vandross; y, para más inri, no sé mover el cuerpo. Lo cierto es que Justin me tiene por una sabionda y una bollera que no ha salido del armario. Él no comprende de qué vale ir a la universidad y *no* aguanta a las lesbianas. Y, sin embargo, yo le caigo bien y, reconociendo a cada cual lo suyo, dice que tengo unos pechos «asombrosos». Hemos quedado a tomar una copa un par de veces, en una ocasión a solas y otra vez con un antiguo amante mío, un irlandés que sigue estando como un tren a sus cuarenta y dos años. Pues sí, Tom Farrell me hizo ganar bastantes puntos ante Justin. Por otra parte, Griffin, mi ex, sólo coincidió con Justin en una ocasión, y los dos se espantaron mutuamente.

Saludé a Justin haciendo un brindis a su salud con un vaso imaginario y seguí mi camino hacia detrás del escenario.

Aubrey dio un gritito a lo Patti LaBelle cuando me vio deslizarme por la puerta. Estaba untándose ese cuerpo impecable suyo con una sustancia que centelleaba y no llevaba encima ni el menor trapito.

—Dios mío, Aubrey. Échate algo encima —dije. A su lado me sentía como si tuviera el cuerpo de un luchador de sumo y la piel de Godzila.

—¡Qué alegría verte! ¿Qué te trae por aquí, cariño? —mientras hablaba, se puso una bata de color melocotón.

—Me he pasado a hacerte una visita antes de ir a casa de mi madre. ¿Tienes algo de beber a mano?

—Cómo no, espera un segundo —se acercó a la puerta y gritó al aire—: Larry, tráeme un Jack Daniel's, cielo. Dile que no le ponga hielo.

Antes de darme cuenta, ya tenía el vaso en la mano. Eché un buen trago.

—Te veo un poco rara, Nan —dijo Aubrey—. Déjame que lo adivine... ¿no me digas que ese negro está jugando contigo otra vez?

—No, no es por Griff. Es por mi madre.

—¿Cómo está la mami? —me preguntó, instalada de nuevo en el tocador.

Pasó un buen rato sin que le contestara.

—¿Qué le pasa a tu madre, Nan?

—Nada, probablemente —dije al fin.

—¿Qué quieres decir con eso?

—Ya sé que me vas decir que soy tonta, pero... —repetí, un poco avergonzada, el mensaje telefónico origen de mis lucubraciones.

–Nanette, *estás* tonta, mi niña. ¿Cómo sabes que es una mala noticia y no una buena noticia? ¿Quién te dice a ti que no va a volver a casarse, por ejemplo?

–Aubrey, ya sé que eres una optimista incombustible, pero no te pases, por favor. ¿Que mamá va a volver a casarse? ¿Con quién?

–¿Cómo quieres que yo lo sepa?

–¿Y cómo quieres que lo sepa yo?

–Ésa es precisamente la cuestión, Nan. No estás enterada de todo lo que hace.

Tomé otro trago largo de bourbon.

–La cosa no va de boda, te lo digo yo.

–Está bien, tontaina. No se va a casar, pero eso no significa que tenga un cáncer, ¿a que no?

–No, tienes razón, claro que no. Pero no se me acaba de quitar el susto. Y precisamente ése es el motivo, otro motivo, de que haya venido a verte. Se me ha ocurrido que, si te dejan un par de horas libres esta noche, quizá podrías acompañarme a su casa.

–Mierda. No puedo, cielo. *Voy* a tomarme un par de horas libres esta noche... Pero ese par de horas ya las tengo ocupadas.

–Vaya –por un instante pensé preguntarle con quién había quedado, hasta que me recordé a mí misma con quién estaba hablando y para quién trabajaba. Sus asuntos no eran de mi incumbencia. Claro que podía ser algo de lo más inocente, pero aun así preferí no hacer indagaciones.

Me quedé con ella unos minutos más, casi hasta el momento en que le tocaba el siguiente pase. Aubrey se empeñó en que uno de los chicos me llevara en coche a Queens. Pensé en la perspectiva de atravesar la ciudad y recorrer la autopista de Long Island hasta Elmhurst contemplando el grueso cogote de algún mandado del club desde el asiento trasero. También cabía la posibilidad, aún peor, de que al tipo le diera por pegar la hebra. ¿De qué íbamos a hablar? ¿De la última de Heavy D o de una nueva droga de diseño? Se me cayó el alma a los pies.

A continuación me puse mentalmente en la situación de ir en el metro, estación tras estación, sin siquiera un periódico para entretenerme.

Me decidí por el coche.

Me marché con la promesa de llamarla al día siguiente para hacerle un informe exhaustivo de lo que quería decirme mi madre, fuera lo que fuese.

De camino hacia la salida me topé con Justin.

—¿Qué tal van las cosas, Siniestro Total?

—Sin novedad, Justin, sin novedad. Ya sabes.

—Tómate una rápida conmigo, amiga mía.

—No puedo.

—¿Has quedado?

—Sí, a cenar. Con mi madre.

—¡Guauuu! Acuérdate de guardarme un pedacito de torta de maíz.

Solté una carcajada. Justin no podía figurarse qué chiste acababa de hacer.

La cocina estaba impecable, como siempre. ¿Cómo iba a estar si mamá jamás guisaba? Allí sólo se consumía comida a domicilio y platos precocinados.

—¡Mamá, ya estoy aquí! ¿Dónde te has metido?

La pulcritud del vestido de algodón de mi madre resultaba tan surrealista como la de las encimeras. Parecía un paje muy correcto, con el pelo recogido con un pasador y el maquillaje especialmente preparado para ella por alguna de las dependientas negras del Macy's de las galerías comerciales.

Habían pasado unos ocho o nueve años desde que mi padre la abandonó. Yo no recordaba la fecha exacta, pero mi madre seguro que la tenía muy presente. Estoy convencida de que podría explicar lo que había desayunado ese día y cómo iba vestido papá cuando le comunicó la noticia. En las raras ocasiones en que habla de él, mi madre nunca lo llama por su nombre, se limita a decir «él».

Mi padre volvió a casarse enseguida con una profesora blanca del colegio donde ejercía de director. Yo apenas lo veía salvo en las ocasiones especiales como los cumpleaños o las Navidades. Supongo que está contento con su nueva vida. Y pagaba puntualmente la pensión.

–Nanette, ¿qué llevas en los pies?

–Se llaman botas, madre.

–Esos mamotretos sólo valen para bajar al sótano a tratar de exterminar las ratas. No me digas que te vistes así para...

–¡Por lo que más quieras, madre! ¿Qué tenías que contarme?

–Se trata de Vivian –repuso sombríamente.

Presa de un súbito agotamiento, me desplomé en la silla. No tenía un melanoma. Dios sea loado. Tampoco iba a haber boda.

Vivian, la hermana de mi padre, fue el ídolo de mi infancia. La llegada festiva e imprevista de la tía Vivian era para mí una aventura: me sacaba de excursión por Manhattan, probábamos comida exótica, quedábamos con sus amigos; con ella tomé mi primer sorbo de cerveza y disfruté todo lo que puede disfrutar una niña de diez años cuando la hermana pequeña de su padre es una sofisticada modelo ocasional que toma copas en piano bares y fiestas con quienes graban los discos de rock and roll que ponen en la radio.

Vivian inspiraba a mi padre los mismos sentimientos que las bolleras a Justin. Veía con malos ojos a sus amigos, sus costumbres caprichosas y su manera desenfrenada de trasegar vodka, sus peinados extravagantes y en general todo su modo de vida, que a él le resultaba incomprensible.

Tampoco es que mi madre la comprendiera mejor, pero eso no impedía que la quisiera. Tal vez por esa compasión que sentía por los descarriados y que también la había llevado a encariñarse con Aubrey. Observaba consternada cómo la tía Viv derrochaba dinero a manos llenas, se pasaba con la bebida, sufría de mal de amores por guaperas frívolos y, cuando se reponía, volvía a caer en la misma historia.

Andando el tiempo, Vivian se casó y se divorció dos o tres veces, si mal no recuerdo, se fue de Nueva York y regresó media docena de veces, pasando por Los Ángeles, México, Francia y Portugal, dejándose arrastrar de aquí para allá por las ofertas de trabajo, la diversión o el novio de turno. En los años ochenta, esa década espolvoreada con cocaína, mi padre y Vivian tuvieron la gran bronca definitiva y dejaron de hablarse. Llevábamos nueve o diez años sin siquiera saber por dónde andaba.

Y ahora, por lo visto, le había sobrevenido una desgracia.

—¿Ha muerto? —pregunté—. ¿Cómo ha sido?

—No, no, no ha muerto.

—¿No ha muerto? Entonces ¿qué le ha pasado? ¿Qué tienes que contarme de Vivian?

—Está en aprietos. Espera un momento —y se fue al comedor.

Yo me quedé paseando una mirada de desconcierto por la cocina, hasta que me fijé en las bandejitas de espuma de estireno con tapa donde reposaba nuestra cena en espera de que la metiéramos en el microondas. Pensé que había tenido un día muy largo y extraño ya *antes* de cruzar el puente de Queens. ¿Qué estaba pasando ahora? En fin, al menos mi madre no había tratado de localizarme en la Universidad de Nueva York, eso sí que habría dado lugar a un mensaje telefónico de lo más interesante. Y es que yo siempre le pedía que no me llamase a la universidad porque, como sólo trabajaba a tiempo parcial, no tenía un despacho propio.

—Mira esto —me tendió un par de papeles: la típica postal para turistas con una foto hortera de la Torre Eiffel y un telegrama.

Di la vuelta a la postal y leí:

«Cuánto tiempo sin vernos. Siento mucho recurrir a ti, pero estoy en las últimas. ¿Podrías prestarme algo? Mándame lo que te venga bien... si es que te viene bien. Un abrazo, Viv.»

El matasellos era de hacía unas tres semanas.

Bajo su firma había escrito una dirección: un lugar de la rue du Cardinal Lemoine... Dios mío, Viv estaba en París.

Levanté la vista hacia mi madre y empecé a formular una pregunta. Me interrumpió ordenándome que antes leyera el telegrama, fechado más o menos una semana después de la postal.

JEAN
¿RECIBISTE MI POSTAL?
PEOR. EN UN CALLEJÓN SIN SALIDA.
VIV.

–¿De qué va todo esto? –pregunté con un deje de miedo en la voz.
–No lo sé, cielo. Yo qué sé –la espalda se le puso rígida y sus ojos adquirieron un brillo vidrioso–. Al final decidí llamarlo... A fin de cuentas, *él* es su hermano.
–¡No lo dirás en serio! ¿Has llamado a papá?
Asintió con la cabeza.
Traté de imaginar a la Blanca Señora de Papá levantando el auricular en su piso cercano al Lincoln Center. Pasándole el teléfono a él. Dios, menuda cara puso mi padre cuando le dijeron quién le llamaba.
–¿Qué te contó? –pregunté–. ¿Viv también le ha escrito a él?
–Sí. Pero no quiere saber nada de ella. Dice que rompió la postal sin leerla. Eso es un pecado. Le dije que ojalá algún día él también se encontrara en apuros y cuando pidiera ayuda... bueno, qué más da. Le dije que me parecía un pecado, dejémoslo ahí.
–Cáscaras –meneé la cabeza–. Qué raro es todo esto. ¿Qué piensas hacer? No tienes dinero para mandarle, y si papá se niega...
–Para ella no quiere soltar ni un duro, pero logré convencerle de que me diera algo para ti.
–¿Para *mí*? ¿Qué quieres decir?
Arrastró una silla y tomó asiento antes de responder:
–Tengo que contarte una cosa, Nan.
–¿Qué?
–A mí no me sobra el dinero. Pero... sí tengo dinero de sobra, sólo que no es mío. En realidad, es de Vivian.

—Pero ¿qué dices, madre?

—Digo que tengo reservado dinero para Vivian. Al morir, tu abuelo le dejó casi todo a tu padre, como es natural. Y a ti también te cayó algo, suficiente para que hicieras ese viaje tan bonito. Pero ya sabes cómo era. Había roto con Viv igual que tu padre, pero al final quiso hacer las paces. Y como nadie sabía dónde estaba Vivian en aquel entonces, tu abuelo me entregó a mí el dinero que quería darle a ella. Lo tengo en una cuenta bancaria, a la espera. Ya debe de andar por los diez mil dólares.

—¡Diez mil dólares! Más que suficiente para sacarla de cualquier aprieto. ¿Y has guardado ese dinero todo este tiempo?

—Sí. Sabía que más pronto o más tarde recibiríamos noticias de ella.

—Pero no estas noticias —dije.

—No, no estas noticias. Así que... —desvió la mirada.

—Suéltalo de una vez.

—Ya sé que es mucho pedir, Nan. No has visto a Viv desde que eras pequeña. Sé perfectamente que está destrozada, alcoholizada, sin blanca. Puede que incluso esté enferma. Yo no sabría por dónde empezar para tratar de ayudarla. A lo mejor ni conseguía salir del aeropuerto. Por eso he pensado que como tú has estado allí tantas veces... he pensado que podrías ir tú a echarle una mano... a llevarle el dinero y ayudarla a volver a casa. Como ya te he dicho, logré convencer a tu padre de que me diera dinero suficiente para cubrir tus gastos.

¿Gastos?

—¿Estás diciéndome, madre, que quieres que vaya a París?

—Sí. ¿Estarías dispuesta? Es decir... si te dejan tiempo libre en el trabajo. Enseguida vas a tener las vacaciones de primavera, ¿verdad?

—Precisamente, empezaron ayer, mami. Estoy libre.

¡Mucho pedir! ¡*Cielo santo!*

Justo entonces sentí que me daban una patada en la espinilla. Y supe quién era: Ernestina, mi conciencia. Le devolví la patada a la muy bruja. Sí, soy una embustera, le dije; una impostora, una desalmada y una mala pécora de Air France. No estaba pensando en mi tía Viv enchironada en París por borracha, sino en el conejo braseado de aquel *bistro* de la rue Monsieur le Prince.

¿Mucho pedir? ¡Allá voy, manjares de París!

Why can't We Be Friends?
[¿Por qué no podemos ser amigos?]

Ya sé que soy una boba. Una sentimental. Una adicta a las canciones melancólicas. Nunca aprendo a que no me afecten las mismas chorradas.

Me había dado tal llorera que apenas si alcanzaba a entrever algo por la ventanilla del taxi, uno de esos Renault a prueba de bombas conducido por un taxista fumador de Gitanes que llevaba a su lado, dormido en el asiento del copiloto, un precioso dálmata. Era el mes de abril, los árboles estaban cuajados de brotes, acabábamos de pasar junto al Arco de Triunfo y mi pobre corazón no aguantaba más.

Contribuía bastante a mi estado haberme pimplado unos cincuenta vasos de Veuve Clicquot en el avión y lo bien que lo había pasado con un diplomático africano vestido de auténtico Armani y con un francés con una nariz superlativa.

Mientras me enjugaba las lágrimas, recordé mi primera visión de París, desde la ventanilla de un tren. En aquel entonces todavía era estudiante y hacía viajes económicos. Primero fui en un vuelo charter a Amsterdam, donde me esperaban un par de compañeras de clase con sus novios europeos. Tras un par de días de visitas a museos y de fumar marihuana hasta ponerme ciega, cogí un tren para París. Al ver el tejado de la Gare du Nord, todo poblado de palomas, también me dio la llantina.

Cuando el taxi me depositó en una pintoresca placita del quinto *arrondissement*, ya estaba batallando contra una resaca monstruosa. La dirección de la postal de Vivian resultó ser un pequeño hotel, pulcro pero sin el menor encanto, situado en lo alto de una cuesta. La calificación de una estrella no era un alarde de modestia... la elegancia brillaba por su ausencia. Deposité la maleta en el suelo y me encaminé a la recepción.

El orondo caballero de detrás del mostrador me informó de que entre los huéspedes no había ninguna dama norteamericana que respondiera al nombre de Vivian Hayes. ¿No estaría mi amiga en el hotelito del otro extremo de la plaza? No, le dije a la vez que verificaba en la postal que aquélla era la dirección correcta. Entonces se me ocurrió que la tía Viv quizá hubiera empleado alguno de sus dos nombres de casada, ¿o eran tres? Me puse a describirla, pensando que probablemente habría cambiado tanto desde nuestro último encuentro que mi descripción sería inútil. Estaba a punto de hurgar en el bolso para enseñarle una instantánea de Vivian de hacía veinte años, cuando el monsieur cayó de pronto en la cuenta de a quién me refería.

–Ah, sí –dijo con una mueca de desdén–. Ahora recuerdo a su amiga –esperé a que añadiera algo–. La tal madame Hayes –me informó con desagrado, se había marchado hacía más de diez días.

En realidad, empleó una expresión más contundente. Por lo visto, Vivian se largó sin pagar la cuenta de la última semana, dejando tras de sí maleta, ropa y efectos personales. Sencillamente, salió una tarde a la calle y no regresó.

Mal comienzo.

Había dado por descontado que la cosa no iba a ser fácil. En cualquier caso, aún no hacía falta que pusiera las alarmas. Quizá tendría que organizar una operación de búsqueda. Pero también cabía la posibilidad de que Viv se hiciese con un puñado de dólares y volviera a pagar la cuenta y a recoger sus cosas.

En ese momento no estaba en condiciones de reflexionar. La cabeza me estallaba y necesitaba dormir; dormir a pierna suelta, no sestear de cualquier manera como en el avión. No era un hotel así el lugar que tenía en mente para establecer mi base de operaciones, pero me valdría provisionalmente. Por qué no, si algunas de mis aventuras más agradables se habían desarrollado en hoteles franceses cochambrosos y con pocas comodidades, pero sobrados de carácter.

Pedí una habitación y, para evitar problemas, pagué unos cuantos días por adelantado. Saqué el sobre con los cheques de Thomas Cook destinados a la tía Vivian de mi bolso de mano y lo deposité en la caja fuerte del hotel. Mi madre había sugerido que comprásemos cheques de viaje a mi nombre, pero preferí ahorrarme la tentación de echar mano del dinero. A mí no me habría hecho la menor gracia que ningún mensajero jugara con mi herencia, aun cuando me hubiera llovido del cielo.

Me permití el lujo de ocupar la mejor habitación de la casa. Aun así, tenía que salir al pasillo para ir al retrete. El bidé estaba desportillado y había pasado por una docena de reparaciones. El escritorio desprendía un leve olor a moho. Pero la habitación tenía un tamaño respetable y una vista que no estaba mal. Nada mal, en realidad: desde la sexta planta, dominaba el animado panorama de la plaza con su antigua fuente de cobre. Pasé unos minutos contemplando el gentío por la ventana abierta, respirando aire fresco y pensando en tía Vivian, que andaba por ahí perdida. No sabía en qué estado la iba a encontrar. No estaría desmadrándose con sus vaqueros de diseño y sus elegantes escarpines negros, eso seguro que no. Ya no lanzaría esas carcajadas provocativas que hacían chispear sus ojos castaño claro. No, ya no sería joven.

Recordé mi primer viaje a París, y los que vinieron después; los amigos que había hecho, ahora diseminados por el mundo, llevando otras vidas; recordé aquel verano en la Provenza; las comidas, los hombres, la diversión con mayúsculas. En París había estado en la gloria, feliz, embriagada de la ciudad, pero también había experimentado esa peculiar *tristesse* que te oprime el corazón como una garra, sin motivo aparente, e inesperadamente te hace sentirte muy sola.

En ese momento me venció el cansancio. Cerré bien las contraventanas, retiré la colcha de la chirriante cama de hierro y me deslicé entre las sábanas blancas y planchadas. Y luego... la oscuridad.

El truco está en no permitirse dormir demasiadas horas para evitar que te afecte el cambio de horario. Era el único consejo para viajeros que no olvidaba nunca.

Hay que ponerse en la horizontal y dejar que los pobres tobillos se recuperen de la hinchazón provocada por muchas horas de estar encajonado en la butaca. Echar la siesta, sí, pero no mucho rato, si no te encontrarás volviendo a casa con el reloj orgánico todavía desajustado.

Me despegué las sábanas todavía medio dormida y con un hambre canina. Abrí las contraventanas metálicas. ¡*Pam*! Ya había caído la noche. Me rodeaban esas luces inimitables y, más abajo, los toldos de un millar de cafés. Fui a darme una ducha rápida en el cuarto de baño compartido y luego me enfundé unos pantalones negros y un body a juego. Después de echarme por los hombros mi impermeable largo, estuve lista para lanzarme a la calle.

Di una vuelta por el Panteón, uno de los lugares que solía frecuentar de noche para sentarme a pensar y quizá paladear un par de deliciosas *boules* de helado compradas en uno de los carritos que salpicaban el paisaje. Luego crucé la plaza en dirección contraria y continué caminando por el boulevard St. Michel, un auténtico hervidero de gente joven.

Enfilé hacia el boulevard St. Germain y allí me vi atrapada en el torbellino del viernes por la noche. Un tráfico de pesadilla, como cabía esperar. Respiré hondo y eché a correr en zigzag, abriéndome paso hacia la otra acera sin prestar atención al semáforo. Entonces me encaminé al norte, alejándome del bullicio. Había decidido tomar algo en el Café Cloche, un local baratero; se me estaba haciendo la boca agua sólo de pensar en sus maravillosas chuletitas de cordero lechal. Allí no admitían reservas, así que tenía posibilidades de conseguir una mesa pese a que fuera viernes por la noche. Las bocacalles empezaban a sonarme: sí, era en esa manzana, el café ya estaba cerca.

Pero, ay, no estaba allí. El Café Cloche, donde en su día, con una fantástica *daube* de buey por medio, me sedujera un intelectual de Toulouse que fumaba como un carretero, había pasado a mejor vida. Me quedé mirando, defraudada, el escaparate oscuro de la boutique que había sustituido al restaurante.

Bueno ¿y qué? Todo cambia. Ya encontraría otro sitio para cenar. El cierre de un restaurante no es nada del otro mundo y, sin embargo, me inquietó. Volví a sumergirme lentamente en la muchedumbre y me topé con un local poco distinguido pero de aspecto amigable donde pedí foie gras y rematé la cena con langostinos y media botella de vino blanco. Después, bastante somnolienta, estuve curioseando en varias librerías de St. Michel que cierran tarde y, sin haber comprado nada, regresé al hotel.

Me puse el camisón casi de inmediato y, aunque en la habitación hacía fresco, abrí la ventana de par en par y dejé que el bajo cielo nocturno me envolviera. Otro de esos momentos inolvidables de París. Contemplé largo rato el Panteón, iluminado con luces azul plateado, a la vez que pensaba en cuántas personas lo estarían mirando como yo, con el corazón palpitante. Pero, curiosamente, se me habían agotado las lágrimas.

Al llamar al servicio de habitaciones hice una apuesta conmigo misma. En todos los hoteles de esa orilla del Sena donde me había alojado, la camarera se llamaba Josette. Di por hecho que sería un factor invariable.

Perdí. Marise me dio los buenos días con su musical acento colonial –¿sería de Antigua? ¿Tal vez de St. Croix?– y colocó la bandeja con el aguado café y los croissants a los pies de la cama.

Pasé las últimas horas de la mañana y la tarde entera recorriendo los hoteles de precio realmente módico de calles como Gay Lussac, con la idea de que Vivian quizá se hubiera hecho con algún dinero para ir tirando, aunque no suficiente para regresar al hotel de la plaza. Al día siguiente bajaría un escalón más y haría indagaciones en Pigalle y otros vecindarios de la Bastilla que aún no habían sido tomados por la burguesía. Si con todo esto no descubría ninguna pista, pondría rumbo a los arrabales, a Buttes Chaumont y otros lugares por el estilo, donde probablemente me atracarían y me dejarían tirada en la cuneta, dándome por muerta.

Fue una jornada intensa sin ningún resultado. A las seis volví al hotel y llamé a mi madre para informarle de mis progresos, o más bien de la falta de progresos.

Me puse a remojo un buen rato en el cuarto de baño del fondo del pasillo, donde había que echar monedas para usar la bañera, y me vestí con un modelito bastante ajustado. En la rue du Cherche Midi había una bodega fabulosa que me encantaba. Había sido el escenario de dos o tres de mis grandes éxitos con los hombres.

Pues bien, ahora era una tienda de lámparas. Me quedé plantada en la acera, observando cómo el empleado vaciaba la caja registradora y se disponía a echar el cierre. Casi tuve que contener las lágrimas.

Me metí en el metro y tomé el tren que llevaba a Pont Marie, en la orilla derecha. Seguro que el bar de vinos mucho más formal adonde nos había llevado una vez el padre de una amiga seguía en su sitio. Y allí estaba, en efecto. Pero saltaba a la vista que no iba a disfrutar de una noche de seducciones frívolas. Nada de eso. Nada de compartir un bistec con patatas fritas con un traductor de lo más atractivo y después tomar la última en algún club de jazz *avant garde*. Para nada. Según mis cálculos, la media de edad de los clientes de aquel rancio local sería de unos cincuenta y cinco años. Hombres de negocios montados en el dólar con sus compañeros de trabajo o sus esposas, vestidas de Chanel. Despaché un par de vasos de un Medoc maravilloso y seguí ruta.

Caminé a lo largo del Sena en la penumbra, con mis zapatitos de tacón que me hacían daño en los pies. Los puestos de revistas, postales y baratijas del muelle ya habían cerrado. De vez en cuando oía voces, voces procedentes de más abajo que me arrancaban una sonrisa. Eso es algo que nunca se olvida: el primer beso a orillas del Sena. Estoy convencida de que es una de las imágenes que pasan ante tus ojos en el lecho de muerte.

No había probado bocado en todo el día salvo el croissant del desayuno y un yogur en un alto que hice al mediodía. Me moría de hambre, pero me abrumaba la idea de volver a comer sin compañía.

¿Tenía acaso alguna alternativa? Me dirigí a Au Pactole, un restaurante estupendo de St. Germain, apenas un pelín anticuado, situado en la misma manzana que un hotel donde me alojé en una ocasión: el Hotel de Lima. Casi disfruté cargando la nota formal con el maître, como si estuviera disfrazada o representando un papel teatral. *Hum, una negra que habla francés. Debe de ser inmigrante. Una solterona de provincias que está de vacaciones. Esforzándose por vestir a lo parisiense. No está mal, la chica. Pero necesita un buen polvo.* Era la única solitaria de aquella amplia sala, repleta de flores blancas y velas de la altura de rascacielos. Después de una cena ya de por sí excesiva, me pegué un atracón de queso y la rematé con un super postre.

La cuestión es esquivar todo trato con la policía, iba pensando mientras caminaba a lo largo del serpenteante muelle, de regreso al hotel.

Si en un día o dos mi búsqueda de Vivian no rendía fruto, tal vez tendría que ponerme en contacto con la embajada norteamericana. Pero con la policía francesa, jamás. Aparte de mi fobia instintiva a la pasma, me preocupaba que Vivian se hubiera metido en asuntos un tanto turbios; también pesaba lo suyo el miedo insuperable que me inspiraba la mentalidad gala. En ese país decir que eres culpable mientras no se demuestre tu inocencia no es una metáfora, es la ley. Con los polis franceses no se juega, ni siquiera con los de tráfico.

¿Qué hace un extranjero o una extranjera cuando está en apuros y sin un duro, sin amigos ni recursos? Ni idea. Cierto es que yo había vagabundeado por Europa, había viajado a dedo con mis colegas, había fumado porros con chicos a los que acababa de conocer en cualquier discoteca, y cosas así. Pero nunca me había quedado totalmente colgada, ni había tenido problemas con la policía. Siempre llevaba en el bolsillo un billete de vuelta y para recibir ayuda me bastaba hacer una llamada a cobro revertido. Pensé en los chicos blancos que cometían el disparate de creerse tan listos como para sacar de contrabando hachís de Turquía. Se me puso la piel de gallina.

¿Y el *Herald Tribune*? ¿Qué tal si ponía un anuncio? «Tía Viv: eres más rica de lo que crees. Llama a casa. Todo está perdonado.» O algo semejante.

No, no era el medio más adecuado. Vivian tenía experiencia de vivir en París. Si leía la prensa, escogería algún periódico francés, pues no le faltaba dominio del idioma.

Había llegado al Pont Neuf. Maldita sea, tan absorta estaba en mis pensamientos que había pasado de largo junto al hotel. No podía con mi cuerpo y los dedos de mis pies pedían a gritos que los liberase: «¿Dónde están tu pobres y desgastados Manolo Blahniks, tus favoritos?».

Además de exhausta me sentía mareada. Tal vez no había superado el cambio de horario. Me demoré unos minutos en el muelle. Hasta mañana, Notre Dame, basta por hoy. Y si no es mucha molestia, ayúdame a encontrar a la tía Viv antes de que tenga que ir al distrito 19. Amén.

Al día siguiente, visité por lo menos diecinueve hoteluchos y pensiones de mala muerte. Vi en directo esa cara de París que no sale en las postales pintorescas. Los indigentes, los drogatas, las mujerzuelas y los grillados no eran ni por asomo tan numerosos, ni estaban tan mugrientos, ni tan desesperados como sus contrapartes neoyorquinos, aunque tampoco es que contribuyeran mucho a promover el turismo.

Sólo por dejar de sentirme como una pordiosera, fui a comer a un restaurante de Montmartre de precios y decoración excesivos, y luego cogí el funicular hasta el Sacré Coeur.

Contemplé la ciudad desde las alturas, rodeada de un tropel de fotógrafos aficionados. Quizá el paraíso existe, pensé, y no es nada más que este mar de tejados.

Ya que me había dado por hacer de norteamericana en París, se me ocurrió pasarme por American Express, pues había una remotísima posibilidad de que Vivian me hubiera dejado allí un mensaje. Claro que para eso tendría que saber que yo estaba en París. Pero ¿qué tenía que perder? A lo mejor ya había hablado con mi madre.

No hubo suerte. Y, para colmo, mis pesquisas me habían llevado al bullicioso distrito 9, repleto de compradores y turistas enloquecidos, y con un tráfico que parecía un enjambre de avispas asesinas. Tuve que reconocer que la Ópera tenía un aspecto mucho más deslumbrante que la última vez que visité París. Asfixiada por el humo de los escapes y demasiado agotada para ponerme a mirar escaparates, crucé en zigzag el boulevard des Capucines y me metí en el metro.

Al fin en casa, gracias a Dios. La madame de pecho generoso y ojo vigilante que, al parecer, regía los destinos del hotel, estaba tomándose su infusión de media tarde cuando me detuve en la recepción a pedir la llave. Debía de notárseme el cansancio a la legua, porque me ofreció una taza.

No hay ser humano que dé menos pie a tomarse confianzas que una mujer de negocios francesa. Es un espécimen como para asustar a cualquiera. A mí, desde luego me asustaban. Y, sin embargo, esta mujer en concreto me dijo que se había fijado en mi saxofón y me preguntó si estaba en París para dar algún concierto. Siempre había admirado *le jazz*, comentó, y su marido y ella tenían por costumbre celebrar todos los años su aniversario de bodas yendo a un club de música que está junto a St. Germain des Prés. Ése que tiene a la puerta una estatua de escayola pintada de negro que representa a Satchmo, ya sabes.

Sin entrar en detalles, le hablé a la madame de mi búsqueda de la tía Viv. Ella demostró interés en mis problemas –un interés auténtico, me dio la impresión– e incluso se ofreció a ayudarme, y yo acepté sin pensármelo dos veces.

El marido de la patrona la relevó en la recepción y las dos subimos al taxi que ella había pedido. Nuestro destino era La Pitié Salpêtrière, un complejo médico gigantesco del distrito 13 que también albergaba el depósito de cadáveres de la ciudad. Echar un vistazo allí en primer lugar era lo más lógico, ¿verdad? Sí, claro, convino mi compañera, era muy razonable. A fin de cuentas, si, Dios no lo quisiera, Vivian estuviera en La Pitié, no tendría sentido inspeccionar hospitales, salas de urgencias, albergues para indigentes ni ningún otro sitio... nuestra búsqueda habría terminado.

La oficina donde se nos hizo esperar tenía una hermosa vista del Jardin des Plantes. Mientras la encargada nos guiaba por los pasillos, imaginé todo tipo de titulares morbosos. No pude evitarlo. Era como silbar en un cementerio.

Al salir al exterior, me sentí agotada de puro alivio: Viv no se encontraba entre los cadáveres que ocupaban aquellos archivadores de seres humanos, qué felicidad. La patrona y yo descansamos un rato en un banco del Jardin des Plantes y luego regresamos a casa en otro taxi.

Ya en el hotel, ideamos un sistema justo de medir el gasto telefónico que iba a hacer al llamar a todos los organismos municipales pertinentes para averiguar si había ingresado en algún hospital de París una persona que respondiera a la descripción de mi tía. Además, estimé oportuno, y así se lo dije muy agradecida, pagar la cuenta de la semana que mi tía había dejado pendiente. Todo un detalle por mi parte, dijo la madame. ¿Prefería pagarla en el acto o que la sumara a la factura al final de mi estancia?

En ningún hospital había una misteriosa paciente amnésica que pudiera ser mi pobre tía. Así pues, todo indicaba que la tía Vivian seguía viva en algún lugar de París. Tenía que estar en París. ¿Cómo iba a marcharse de la ciudad si estaba pelada? Por lo visto, no me iba a quedar más remedio que tomar el toro por los cuernos y acudir a la embajada.

Había llegado el momento de que dejase libre a la madame para que se ocupara de preparar la cena. Le agradecí sus esfuerzos, incluidas la infusión y la solidaridad, muy de apreciar, y subí a mi habitación.

Sobre las siete de la tarde me puse una camisa y unos vaqueros limpios, y salí del hotel sin rumbo fijo.

Terminé por meterme en un cine de reposiciones cercano a un lugar que todos llamaban el Beat Hotel, un muladar con mucho carácter de la rue Gît le Coeur que había inspeccionado la víspera. Debía su fama a William Burroughs y a la gente con la que se movía allá en los años cincuenta, y a la vista estaba que su leyenda aún no había muerto. No quedaba ni una habitación libre.

La calle estaba atestada de chavales de todas las nacionalidades que pasaban el rato, tocaban la guitarra, fumaban grifa, se pegaban un revolcón en los portales, comían *frites* y *souvlaki* o, sencillamente, se preciaban de estar vivos y de ser jóvenes y estúpidos. A pocos pasos de distancia estaba la que tal vez sea la calle más corta y estrecha del mundo, una calle que me propuse encontrar en mi primera visita a París porque me intrigaba su nombre: rue du Chat-Qui-Pêche. ¿El Gato que Pesca? ¿Qué demonios quería decir? Después de encontrarla, sufrí un desengaño aún peor. Seguí caminando por la rue Mouffetard, donde, según me habían dicho, acudían a montones apuestos estudiantes del Tercer Mundo atraídos por la comida barata de Oriente Próximo. Sólo conseguí que me metiera mano un vendedor de tabaco que apestaba a sobaquina y que a punto estuvo de secuestrarme, y nunca volví a pisar aquella calle.

Por lo menos la película no me defraudó. ¿Cuántas veces había visto *Los niños del paraíso* desde que la descubrí en el cine de la universidad, con mi compañera de habitación? Tantas veces que no podía contarlas. Y, como siempre, me hizo llorar.

Dios mío, qué noche tan hermosa. Imposible volver a cenar a solas. Cabía la posibilidad de entrar en el primer bar que viera y ponerme en ridículo pidiéndole a un desconocido que viniera a cenar conmigo... y también me quedaba el recurso de comprar un sándwich y darme por cenada.

Opté por el sándwich. No habría sido buena compañía para nadie.

Después del café de la mañana siguiente tuve una idea. No, no es que se me ocurriera un sistema para localizar a Vivian. Fue una idea mucho más absurda.

De hecho, creo que fue una de las ideas más descabelladas que nunca se me hayan ocurrido: decidí tomarme un descanso para ir a tocar el saxo en el metro. Una imprudencia. Una estupidez. Una locura. Un disparate.

Formidable, adelante.

Iba a realizar uno de mis sueños. Aunque no tuviera la misma capacidad para tirarme el rollo que tantos de los músicos con quienes compartía las calles de Manhattan, al menos podría decir que había tocado en París. Me aseé y me vestí a toda prisa. Quería salir de la habitación y bajar al metro antes de arrepentirme.

El anciano caballero de la recepción me dedicó un saludo cortés y una sonrisa indulgente cuando pasé a su lado a la carrera, llevando a cuestas el estuche del saxo adornado con un viejo pañuelo indio que solía usar como correa del instrumento.

Compré un librillo de billetes de metro y pasé por el torniquete. En un acto de suprema arrogancia, me instalé en el Odéon, una de las estaciones más tumultuosas de la ciudad. Pues sí, aquel barrio era la residencia o el lugar habitual de paso de montones de parisienses elegantes: estudiantes, intelectuales, adictos al jazz de todo pelo; seguro que la mitad de esa panda había oído saxos mejores que el mío antes de terminarse el café matinal.

Qué más me daba a mí. No iba a tocar para ganarme las lentejas sino para hacer realidad una de mis fantasías. Me coloqué a la entrada del pasillo que conectaba la línea Clignancourt con la Austerlitz, respiré hondo y me puse a la labor. Empecé con «How Deep Is the Ocean». Casi nadie me prestaba atención. Mejor para mí. En aquellos momentos, dominaba peor el saxo que el francés. No me estaba luciendo, la verdad.

A pesar de todo, seguí adelante. El siguiente tema fue «With a Song in My Heart». No me salió nada mal, aunque esté feo que lo diga yo. En efecto, un tipo de buen aspecto vestido con una elegante trinchera se paró a escuchar atentamente hasta el final y luego se hurgó los bolsillos buscando unas monedas. El repiqueteo de los francos sobre el fondo de mi estuche me dio un subidón. Se lo agradecí con una sonrisa humilde y acometí de inmediato «Lover Man». Tan bien me sentía que todo me parecía posible. Hasta un milagro auténtico. A lo mejor Viv pasaba por el túnel a todo correr para no perder el tren.

Los viajeros de última hora de la mañana fueron sustituidos por los del mediodía: gente que se apresuraba a acudir a citas en restaurantes, o que iba de compras, o que volvía a casa para comer tranquilamente y quizá echar un polvito rápido –o viceversa– antes de volver al trabajo.

Tuve que reírme de lo que había pensado por la mañana: que si le dedicaba el día entero, quizá sacara suficientes propinas para comprarles un buen perfume a mamá y a Aubrey. Ja. Si ni siquiera me iba a dar para comprar una Big Mac. Pero me daba igual. Lo estaba pasando en grande.

Salí a la superficie sobre las dos de la tarde y encontré un puesto callejero con unos *crêpes* que tenían muy buen aspecto. A la vez que comía, eché a andar por la orilla del Sena y luego entré en un precioso *tabac* antiguo del Quai Voltaire, donde pedí un *grand café* y le gorreé un cigarrillo a un camarero tan alto como para jugar en la NBA y que debía de pesar unos cinco kilos.

Tanta prisa tenía por volver a mi puesto en el metro que eché a correr y al llegar me caí en plancha. Toqué «It Never Entered My Mind» como nunca en la vida. Y mi interpretación de «Green Dolphin Street» tampoco se quedó corta. Hasta recibí una buena salva de aplausos de un grupo de ancianas cargadas con paraguas plegables.

No te duermas en los laureles. Era una de las mil lecciones que tanto me cuesta asimilar. Mi madre me lo venía advirtiendo desde que tuve edad para gatear. Y Ernestina, mi conciencia, nunca se cansa de repetírmelo. Y yo no dejo de olvidarme.

Eran aproximadamente las cinco y media. Interpreté un par de acordes de «You Took Advantage of Me» antes de caer en la cuenta de que algo extraño estaba sucediendo. A unos seis metros de distancia, alguien iba repitiendo nota por nota lo que yo tocaba. Y, por si fuera poco, lo tocaba al violín. Me pegué un susto de muerte. Por un instante llegué a pensar que alucinaba. Eché un vistazo al corredor y vi a un negro de piernas largas y piel clara, con unas comedidas trenzas rasta y gafas de montura metálica, que me miraba directa y desafiantemente a los ojos a la vez que movía el arco con aire distraído.

Me quedé paralizada, reprimiendo la tensión, hasta que terminó; entonces me dirigí a zancadas hacia aquel esbelto gilipollas de aspecto caribeño.

–¿Qué cojones está haciendo aquí? Yo llegué primero –le solté en francés estilo metralleta.

Me lanzó una mirada de fastidio desde detrás de sus gafas.

–*Idiot!* –le dije a voz en cuello. Luego le pregunté si estaba sordo y, a continuación, si tenía la falsa impresión de ser gracioso. Terminé espetándole–: ¿Quién te has creído que eres... Marcel Marceau?

Sus ojos echaban chispas, pero continuó callado, y eso me exasperó aún más.

–*Eh bien, salaud? Pourquoi tu me reponds pas?*

–No te contesto –dijo agriamente y en inglés– porque aún no he aprendido francés barriobajero.

–Anda. Si eres... norteamericano.

Llegados a este punto, decidió responderme en francés, remachando su breve repertorio de expresiones con una afectada sonrisa gala:

–No hay necesidad de ponerse así. Tú también... es evidente.

–¿Conque es evidente? –farfullé–. ¿Así que no sé hablar francés? ¿Es eso lo que has querido darme a entender con tu torpe salida de tono?

Otra sonrisita de suficiencia.

Entonces pasé de sutilezas:

—Ni se te ocurra criticar mi acento, listillo. Hablas francés como un cerdo.

—Es porque soy autodidacta. Confío en pulir mi acento mientras...

—*Au-to-di-dac-ta* —repetí, y lancé una carcajada sardónica.

Me estaba portando como el matón del colegio que se ceba con el empollón. Era una bajeza, pero no podía echar el freno.

—¡Dios, no me lo puedo creer! Haber venido hasta París para tener que aguantar a un capullo asqueroso y creído, un imbécil de burgués metido en los bajos fondos.

—Eso mismo estaba pensando yo de ti.

—¡Pero qué dices! Creída no te digo que no sea, pero de burguesa *nada*... y te garantizo que no soy de los mismos bajos fondos que *tú*.

—Por mí como si eres de Júpiter, petarda de mierda —me dijo, zanjando de golpe esa discusión absurda—. Lo único que quiero es que te largues, éste sitio es mío.

—¡Cómo que es tuyo! ¿Es que lo has comprado?

—He comprado el derecho a tocar aquí cuatro días a la semana a esta hora. Tengo un documento que lo acredita.

—No te creo ni media.

—Lo que creas o dejes de creer me trae al fresco. Soy residente legal y tengo un permiso para tocar aquí.

Pensaba burlarme de lo cursi que se había puesto, pero de pronto se me aflojó el fuelle. Me di cuenta de que estaba portándome como una macarra horrible a la que había visto montando el pollo a un tío en el metro de Nueva York, amenazándole con sus pulidas uñas a modo de podadora e insultándole en una infrajerga.

—¿Sabes qué? —dije, ya calmada—. Muérete en tu sitio si te da la gana, señor residente legal. Paso de ti.

Giré sobre los talones y volví hacia donde había dejado el estuche.

Mientras subía por la escalera del otro extremo del túnel, le oí interpretar «How About You?».

Su música era fluida, natural, como un tarareo que resonara dentro de tu cabeza. Me gustaría llevarte a Nueva York en junio, para que te enterases, pensé amargamente.

Pero, ay, tocaba de vicio.

En fin, una experiencia desagradable.

En realidad «desagradable» no reflejaba bien el meollo del asunto. Yo diría, usando mi particular lenguaje formal, que había sido denigrante. ¡Ay, Señor, qué había hecho!

Me detestaba a mí misma.

Salí a la superficie con la cara roja de vergüenza. Un encuentro en París entre dos norteamericanos negros que no se conocen, en unas circunstancias tan curiosas, debería haber sido motivo de alegría. Pero ¿cómo nos lo tomamos? O, mejor dicho, ¿cómo me lo tomo yo? Le pongo en ridículo. Le maldigo. Hago el payaso. Me peleo por un trozo de cemento empapado de meadas. Maldición, qué horror. Cuanto más lo pensaba, más hundida me sentía.

Eché a andar, tratando de recuperarme, de quitarme el muermo de encima. Me senté un rato en los Jardines de Luxemburgo, y, en aquellos momentos, la fragancia del césped me daba cien patadas. Observé a los padres que pastoreaban a sus niños hacia casa, a los amantes que se despedían con un beso. Daba la impresión de que todo el mundo iba cargado con una barra de pan para la cena. Dios mío, qué agradable habría sido que alguien me hubiera invitado a cenar a su casa. Sentía la necesidad de que cualquiera me llamara por mi nombre... de algún detalle familiar. Una comida sencilla en una casa donde hubiese estado muchas veces de visita, un par de horas de charla insustancial y cortés. Todavía tengo modales, me dije a mí misma. A pesar del espantoso interludio del metro. Me he portado como una gilipollas pero no soy así. En realidad, estoy muy por encima de eso...

Fui a tomar una copa en el Café Flore. Y me tomé unas cuantas.

Más de una vez me había preguntado –como cualquier músico, imagino– qué pasaría al tocar con un buen colocón encima. Te viene a la cabeza todo ese rollo idealizado: que si la heroína abre las puertas del espíritu, ¿será verdad?; que si te convierte en un músico mejor. No sólo me refiero a que te permita tocar mejor, sino a que *seas* mejor, siquiera por un instante.

A mis ancestros musicales debía de servirles para algo más que para olvidarse de sus penas. Dios mío, los negros siempre con sus penas a cuestas. Joder, ¿qué íbamos a hacer si de pronto se nos olvidaran? ¿No perderíamos la identidad?

El camarero me estaba mirando con una botella en la mano izquierda y en los labios una sonrisa como un signo de interrogación.

Hice un gesto negativo. No quiero más, *merci*.

No es que estuviera alegre, pero tanto vino me había levantado el ánimo. Basta ya de estereotipos, Nan, me amonesté. Basta de melancolía parisiense. Hay que sacudirse de encima el blues, como decía Nat Cole.

Así pues, vuelta al trabajo. Caminé a lo largo de varias manzanas y me metí en la estación de metro de St. Sulpice. La muchedumbre se había evaporado. Me instalé y empecé a tocar. Poca gente pasaba por allí, pero ¿qué más daba? El sonido de mi saxo rebotaba obsesivamente en las paredes alicatadas. Casi me sentía como si la ciudad fuera mía: de tanto en tanto, un visitante arrojaba unos francos en mi estuche a modo de peaje para trasponer las puertas.

Interpreté «Something to Live For» y otro tema de Ellington, «Come Sunday».

Yo creo que lo que pasó fue que llevé las cosas demasiado lejos. Empecé a tocar «I'll Wind» con los ojos cerrados y al cabo de un momento me sentí transportada a las estrellas. Me pareció oír un ruido de pisadas que se aproximaba por el túnel, pero estaba tan absorta en la música que no le presté atención.

Sólo sé que se me echaron encima sin previo aviso: dos tíos blancos vestidos de vaqueros y cazadoras de cuero decoradas con esvásticas, con el pelo rapado y la dentadura destrozada. Y uno de ellos estaba golpeándome la cabeza contra los azulejos.

Me defendí a golpes, pegando puñetazos al aire a ciegas, sin que mis puños tocaran a nadie. Tuve la vaga sensación de que se oían gritos a lo lejos, y luego oí cómo se rasgaba algo. Estaban arrancándome los bolsillos de los vaqueros, para robarme el dinero, me figuro. La funda de mi instrumento debía de haberse volcado porque oí rodar por el suelo las escasas monedas que había dentro. Ahora alguien tiraba de la correa del saxo, pero la tenía enrollada alrededor de la cabeza. A la vez que recibía un puñetazo en la cara, escuché el epíteto inconfundible, *nègre*, pronunciado a través de unos dientes apretados. Una vez vi un vídeo de una actuación de Thelonious Monk en el Five Spot de Nueva York. Arrebatado por el espíritu de la música, se levantó del piano y se puso a girar en redondo a toda velocidad, como en un éxtasis. Así me sentía yo en aquel momento, como si me hubieran echado a rodar como una peonza, igual que Monk, y nunca fuera a detenerme.

Sentía palpitaciones en la cabeza y en el corazón. Alcé las manos para taparme los oídos. Había algo en mi cara. En mis manos. Humedad. Ese algo era sangre. ¡Sangre! ¿Me habían rajado?

Tuve un pensamiento fugaz: así que éste es el final. Asesinada a golpes por unos skinheads. La tía Viv se muere de hambre en un sucio callejón o se pudre en la cárcel. A mi madre se la llevan al manicomio pegando alaridos, trastornada por el dolor. Papá, abrumado por la culpa, se suicida. La tragedia negra se vuelve wagneriana. El «final» es la palabra exacta. Aquí vuelve uno de ellos a rematarme. Su rostro empieza a perfilarse. Ojalá me quedaran fuerzas para pegarle una patada en los huevos.

Pero no... no es un rostro blanco. Y este tío tiene una buena mata de pelo rizado y lleva gafas.

Y, no sé por qué, ha cesado el ruido.

I Didn't Know About You
[No sabía nada de ti]

Sábanas blancas. Un chirriante somier de muelles. Mi vieja maleta abierta sobre la cómoda. Si el cielo no era una habitación de hotel económico sin televisión, todavía estaba viva.

Oh, sí. En la habitación había algo más que me indicó que no había muerto: sentado en una silla dura, con los pies desnudos apoyados en mi cama, un negro guapísimo de piel clara y piernas largas roncaba suavemente. No llevaba pantalones. Sólo una camiseta gris y unos calzoncillos a juego.

Dios es bueno, estoy viva.

–¿Qué tal, bella durmiente?

Cojonudo. Me había pillado observando sus shorts. Qué grosería.

–Me encuentro bien, creo. Aunque me duele un poco la nariz. ¿La tengo rota?

–No ha habido roturas –repuso, un tanto condescendiente.

Se produjo un silencio largo y molesto.

–Imagino que aún ves como una nebulosa lo que pasó anoche –dijo a la vez que bostezaba y se ponía en pie. Cogió los pantalones y se volvió de espaldas para ponérselos–. Te pregunté si querías ir al hospital y te negaste en redondo.

–Sí, con una persona de la familia metida en líos ya tenemos bastante –mascullé.

–¿Cómo?

–Nada, nada. Ahora lo recuerdo. Me rescataste y me trajiste aquí.

En lugar de responder, se acercó al lavabo y empezó a lavarse la cara enérgicamente.

–Te has portado genial –dije con una risita; estaba cortadísima, no sabía cómo reaccionar–. Después de la escena que te monté, de cómo me puse contigo en el metro, no sé cómo no dejaste que me mataran.

–Olvídalo –dijo, meneando la cabeza.

–Qué despiste, ni siquiera te he preguntado cómo estás. ¿Quién eres? ¿Una especie de Hércules? Esos dos tíos estaban cachas, ¿no te hicieron daño?

–La verdad es que no. No soy ningún héroe. Me puse a chillar como una damisela blanca y enseguida llegaron refuerzos. La Liga Aria ni siquiera consiguió birlarte la cartera.

De pronto, sepulté la cara en las manos y lancé un gemido.

–¿Qué te pasa? –preguntó sobresaltado–. ¿Te duele la cabeza?

–No, no. Sólo estoy maldiciendo mi puta suerte. No sé por qué me extraño de que me pasen estas cosas. ¿Me entiendes?

–Más o menos...

–Por cierto, ¿qué pasó ahí abajo? ¿Me trajiste toda bañada en sangre? Menudo numerito. ¿Cómo se lo tomaron? «¿Queremos que deje la habitación libre mañana por la mañana?»

–Les dije que había sido testigo de cómo te atracaban dos gamberros. La pastilla para dormir que has tomado te la dio la patrona.

–Ah.

–¿Por qué lo has preguntado? –en su voz percibí claramente rabia y reproche–. ¿Es que crees que lo que le pasa a una persona negra siempre es por su culpa? Acaban de tratar de matarte unos nazis cara de harina. Y tú te preocupas de lo que puedan pensar unos blancos. ¿No te das cuenta de que estás deshonrando a tu raza?

Auch. Me había tocado la fibra sensible. Cojonudo.

Es una hipócrita de clase media jugando a ser bohemia. ¿Sería eso lo que estaba pensando? ¿Tenía ante mí a un hermano clarividente? ¿O estaba identificándose conmigo? ¿Hablaba de sus propios miedos? ¿O de verdad me había calado?

Decidí que la discreción era la salida más airosa y, por una vez, me mordí la lengua.

—Bueno, bueno —dije—. Me has pillado queriendo ser la chica modelo. Que me sirva de escarmiento por haberte llamado burgués, ¿vale? Pero las cosas no son tan sencillas. La dirección de este hotel lo está teniendo crudo últimamente con la gente de color de Elmhurst, Queens.

Me dirigió una mirada inquisitiva, pero no me pidió que se lo explicara. Volvió a hacerse el silencio. Al cabo de un rato, lo rompí:

—¿Me haces el favor de pasarme ese espejo?

Cogió de la cómoda mi espejo de mano y me lo dio. Desde los pies de la cama, me observó sin decir nada mientras yo me examinaba la cara. Tenía razón: nada roto. El caballete de la nariz estaba un poco tocado y tenía un chichón en la coronilla. Nada más que eso. No estaba ni la mitad de mal de lo que había imaginado. De hecho, mi cara reflejaba el efecto reparador de una buena noche de sueño. Asentí satisfecha y le devolví el espejo.

—¿Ya te encuentras bien? —preguntó.

—Estupendamente.

—Me alegro. No quería marcharme dejándote en mal estado.

—Oye —le llamé cuando ya se disponía a irse—, tienes sitio donde dormir, ¿verdad? O sea que vives... en algún lado, ¿no?

Vi en sus labios esa sonrisita de suficiencia tan suya.

—Sí. No necesito que me ayuden.

—Vale, vale —me apresuré a decir—, es que me había olvidado momentáneamente de que la que necesita ayuda soy yo —*Tú eres don Perfecto, ¿no es eso, canalla?* Maldita sea, no daba ni una con este tío. Siempre me dejaba en ridículo. Era un recordatorio vivo de mi inutilidad. Seguro que si él hubiera estado buscando a su tía Vivian, ya la tendría a salvo y bien encarrilada, con el culo pegado a un asiento de la TWA.

—¿Cómo te llamas? —me preguntó suavemente.

Me eché a reír. Pues claro, si ni siquiera nos habíamos presentado.

—Nan.

—Yo me llamo André.

—Estupendo. Gracias, André. Te debo una.

—Hablas francés de maravilla, la verdad —dijo.

—Tengo una idea, André. ¿Por qué no empiezas ya a pulir tu acento, como decías ayer? Podrías coger el teléfono y pedir un par de desayunos con una cafetera extra.

Al fin había dado en el clavo. La jovial Marise, la camarera, estaba enferma. Su sustituta sí que se llamaba Josette. Como era la primera vez que me atendía, ni se inmutó al encontrarnos a los dos en la habitación.

Retiré con cuidado la funda del violín de André y abrí de par en par las contraventanas para que entrara el aire de la mañana.

—Sigue puliéndote, André. Háblame en francés —dije a la vez que servía más café.

—No sé si voy a ser capaz de explicarme bien en francés —dijo.

—No pasa nada. Haz lo que puedas —y empecé a hablar con acento de estudiante avanzada de francés, pronunciando con claridad, pero utilizando un vocabulario coloquial, de andar por casa.

—Lo primero de todo, cuéntame, si es que te apetece, qué haces por aquí. ¿Estás estudiando?

—No. Cuando murió mi madre, recibí algo de dinero... de un seguro... y me vine aquí inmediatamente. Estoy planeando ser...

—¿Ser qué? —le pregunté al ver que titubeaba.

—Famoso, quizá.

Solté una carcajada.

—Bueno, desde luego el violín se te da de miedo. ¿Es así como te vas a hacer famoso?

—Sí. Bueno, sí y no. Quiero seguir adelante con la música,

está claro. Pero también estoy tomando notas para un libro que tengo pensado escribir.

—¿En serio? ¿Qué clase de libro?

—Sobre la gente negra en París. Músicos, la mayoría, pero también otra gente... bailarines, soldados, poetas, cualquier personaje que descubra. Y no sólo las grandes figuras como Josephine Baker, Wright y otros por el estilo. Me interesan las personas que se esforzaron por venir aquí y que habrían hecho cualquier cosa por quedarse. Estaban emocionados, orgullosos de estar aquí. Nada que ver con los turistas, ya me entiendes. Gente que se la estaba jugando. Gente como yo —hizo una pausa—. Y como tú.

No pude evitarlo: me alegró muchísimo que me incluyera en la lista.

—Quiero seguirles los pasos —continuó—, buscar a sus amigos y parientes, si los tenían, visitar los lugares donde vivían. Hacerles justicia. Lo tuvieron difícil... no es sencillo empezar de cero en un lugar desconocido. Duro. Donde no conoces a nadie. Enfrentándote al miedo. No hay una sola manera de convertirse en un héroe negro... por lo menos, yo lo veo así. Quiero que se sepa que esta gente era admirable.

—*Formidable* —dije—. Al final resulta que hay en ti orgullo de raza.

Se puso colorado como un pimiento. Pero, afortunadamente, le dio por reír en lugar de cabrearse.

—¿Dónde estudiaste música?

—En el Curtis.

—¿Eres de Filadelfia?

—No. Nací en Detroit —lo dijo con una expresión de amargura.

—Por lo visto, no te gustaba mucho.

Se encogió de hombros.

—No sólo Detroit. No hay nada que me guste mucho en Estados Unidos.

—Te entiendo muy bien —dije.

Quería añadir algo, pero aún no sabía cómo expresar mis sentimientos con palabras. Nuestra relación con Estados

Unidos puede plasmarse en infinitas combinaciones. Hay quien detesta a los blancos pero no detesta el país. Otros han llegado a adaptarse al racismo sin aceptar una cultura tan insípida. Algunos consideran como el colmo de los timos nuestra falta de derechos; después de haber depositado tanta sangre, tanto dolor, tanta lealtad, tanta paciencia y tantas esperanzas a lo largo de los siglos, siguen devolviéndonos el cheque como si estuviera en blanco. Y otros sencillamente optan por la autodestrucción. Ya he dicho antes que las variantes son infinitas. Me figuré que no tardaría en ponerme al tanto de su postura.

–Como dijo Baldwin: «Tenía que marcharme antes de que me diera por matar a alguien». ¿Así te sentías tú?

–Más o menos –respondió sin mirarme–. Pero de haber habido algún muerto, lo más probable es que hubiese sido yo. Ya te he dicho antes que nadie me tomaría por un valiente. No te olvides de que de pequeño tenía que volver a casa cargado con un violín. Y con gafas de culo de vaso. Era como si llevara escrito en la frente: DAME UNA PALIZA.

–Hay que ver con qué dulzura se tratan los niños, ¿eh? –dije riéndome, pero a la vez estaba enfadada, recordando cómo se portaban algunos de nuestros compañeros con mi amiga Aubrey–. ¿Quién descubrió tu talento para la música y te puso a estudiar?

–Mi madre. Era capaz de vender una nevera a los esquimales. Consiguió que hiciera toda la carrera con becas. No nos sobraba el dinero. Mi padre murió cuando yo tenía siete años.

–¿Cómo era tu madre?

–Blanca. Y eso le dio un interés añadido al asunto.

Pues sí, a mí también me lo parecía. Aunque nuestro ADN es bastante agresivo, en su cara también se dejaban ver las huellas del otro.

–Cuéntame más cosas –dije.

Dividí los restos de café entre las dos tazas. ¡Lo que hubiera dado por fumar un cigarrillo!

–Bueno, nada dura eternamente, ya sabes –dijo–. Uno se

supera como puede. Dejé de huir para que no me atizaran. Y los otros perdieron el gusto a atizarme en la época en que descubrimos el sexo. Y es que a las chicas les gustaba.

Sonreí de oreja a oreja.

–¡Hurra, André! Así que de ser el mariquita cuatro ojos del barrio pasaste a ser el imán de las periquitas.

–Tú lo has dicho. Y tuve mi momento de gloria, aunque fuera breve.

–¡Al fin te hiciste valiente! –levanté el puño en su honor.

–Que no, valiente no soy, insisto. Pero te diré quién lo era: mi madre. No sé cómo se las arreglaba, pero gracias a ella... –se interrumpió y no volvió a hablar hasta que hubo apurado el café. Cuando retomó la palabra, tenía la voz pastosa–: Hay motivos sobrados para matar; y también montones de cosas que ya no me importan un carajo. Lo único que me interesa ahora mismo es perfeccionar mi trabajo y montármelo bien aquí. Conseguir los papeles, que me salgan actuaciones, un piso, todo eso. Porque *no* pienso volver. Por cierto, si aún no lo tienes claro, que sepas que me estaba tirando el rollo cuando te dije que era residente legal y tenía un permiso para tocar.

»Ya sólo me dan ganas de pelear cuando alguien me viene con el cuento de que soy así o asá, de que tengo que hacer esto o lo otro, y de que tengo que hacerlo con no sé quién.

–¿Te refieres a que no te gusta que pongan en cuestión tu identidad negra?

–Eso nadie lo puede poner en cuestión. Mi padre era negro y, por lo tanto, yo soy negro. Punto y aparte. Supongo que me refiero a que mi pueblo se merece que le rinda tributo, y eso me lo he tomado muy en serio... pero yo también me merezco que me tomen en cuenta, ¿no crees? ¿Y quién no?

–Pues claro –dije–. ¿Y quién no? ¿Te has quedado solo? ¿Tienes familia?

–No.

–¿Cuánto tiempo llevas en París?

–Cinco meses.

–¿Has hecho amigos?

—Amigos de verdad, no —negó con la cabeza—. Algunos conocidos que también tocan en la calle. Vivo en el piso de uno de mis profes, ahora está fuera y lo tengo subarrendado.
—¿Qué estás...?
Me cortó en seco.
—¡Para un momento! ¡Déjalo ya! Menudo bombardeo de preguntas. Sólo hemos hablado de mí. Yo también quiero saber algo de ti y de tus cosas.
—Lo sabrás, lo sabrás —dije—. Tengo una propuesta. Espérame en el café de ahí abajo mientras me preparo.
—¿Para qué te vas a preparar?
—Vamos emborracharnos a conciencia.
—¿Estás de broma?
—A conciencia, con todas las de la ley.
—Si son las diez y media —dijo aturdido—. De la mañana.
—Ya lo sé. Pero voy a contarte la historia de mi vida, no es cuestión de hacerlo a palo seco, hermano. Y tienes que enseñarme tu París antes de que yo te enseñe el mío.
Recogió el violín y prácticamente se fue bailando hasta la puerta.
—Es fantástico ser un negro internacional, ¿no te parece, Nan?
—Sí, *mon frère*. Es la bomba.

En lugar de esperarme en el café, se acercó a su casa a dejar el violín.
Se nos fueron las horas en caminar, hablar y beber sin parar, hasta bien entrada la tarde.
No me había imaginado que haría tan pronto otra excursión por la Rive Droite. Pero no tenía queja. André y yo pateamos todo el distrito 8 mientras, como en un recorrido turístico guiado, me explicaba atropelladamente la historia de los negros en París. Qué tío tan alucinante.
Acababa de contarme todo lo que había que contar sobre una sala de conciertos llamada Pleyel, de la rue du Faubourg St. Honoré, donde había triunfado hasta el último de los morenos famosos que habían pisado París; desde los intér-

pretes de la vieja *revue Nègre*, hasta W. E. B. Du Bois, Herbie Hancock o Howlin' Wolf.

Hicimos una pausa para tomar una copa rápida, intercambiamos algunos cromos más del álbum de nuestras vidas y seguimos adelante.

André me señaló el edificio de la embajada norteamericana, cerca de la plaza de la Concordia. Pero a él le parecía mucho más importante el lugar, dos edificios más allá, donde en su día estuvo el exclusivo club Les Ambassadeurs. Me enteré de todos los detalles del éxito que tuvo allí Florence Mill en 1926 y de que Richard Wright había llevado a actuar en el club al grupo de baile de Katherine Dunham en los años cuarenta.

Cuando subíamos por los Campos Elíseos, me recitó el menu que habían tomado Chester Himes y su mujer en Fouquet's en 1959. Sí, sí, de acuerdo... esto ha sido una ligera exageración.

Que si Sidney Bechet no sé qué, que si Henry Tanner no sé cuantos, que si Kenny Clarke esto, que si Cyrus Colter lo otro... ¿Estaba al tanto de que *Art Blakey aux Champs-Elysées* era el único disco de jazz en vivo que...? ¿Prefería ir a ver el night-club de Josephine Baker antes o después de conocer el cabaret que Satie, Milhaud y Ravel frecuentaban en su compañía?... En 1961 Bud y Dexter acompañaron a Carmen McRae en el Paris Blue Note, ¿lo sabías?, pero ya no se llama así...

¿Quién le había dicho a este chico que no era un negro como Dios manda? No quería meterme a psicoanalista aficionada, pero saltaba a la vista que su conocimiento enciclopédico de nuestro pueblo en París superaba con mucho las necesidades de recopilar información para un posible libro. Era a todas luces una obsesión pura y dura. ¿A quién pretendía reivindicar?

Se había hecho tarde y me moría de hambre.

–Invito yo –dije a André–. ¿Qué sugieres?

–Ésta debería correr de mi cuenta –respondió–. Llevas todo el día invitándome.

–No pasa nada. Lo deduciré de mis impuestos como gastos de educación.

–Hay un sitio que me apetece conocer, ¿sabes?

–Deseo concedido.

–El Bricktop's. En el 9.

Estaba tomándome el pelo.

–Claro, claro –dije riendo–. A lo mejor nos topamos con Mabel Mercer y su amigo Cole Porter. Y también con Scott y Zelda.

Bricktop, la más sofisticada de las cantantes de cabaret, y el club que llevaba su nombre eran toda una leyenda de los alocados años veinte, lo sabía. Tenía que estar tomándome el pelo.

–Que no. Está en el 9. De verdad.

Lo miré con auténtica preocupación.

–Dios mío. Ahora sí que se te ha ido la olla. Crees que nos hemos trasladado en el tiempo hasta 1928, ¿a que sí? Según tengo entendido, el Bricktop's cerró hace unos sesenta años.

Me dirigió una sonrisa traviesa.

–Sí, tienes razón. Cerró. Pero han abierto un local con ese mismo nombre. Me gustaría ver cómo es.

–Eso me tranquiliza –dije–. De momento no te voy a encargar la camisa de fuerza. ¿Podemos ir así vestidos?

–Claro que sí. No es más que un sitio con comida casera y un pianista.

De vuelta a la cochambre de Pigalle. Había recorrido la mayoría de aquellas calles antes, durante mi búsqueda al azar de Vivian. En fin, esta vez no iba a pasar el rato en los vestíbulos de hoteles de mala muerte, ni a buscar los bares donde se reunían los marginados, ni los comedores de beneficencia. Iban a guiarme por la tierra sagrada de nuestros ancestros, por así decirlo. El hotel donde vivió Bud Powell. El cabaret (o al menos la dirección donde en su día hubo un cabaret) donde se dice que un famoso músico mató a otro de un tiro. Y, cómo no, el lugar donde estaba el Bricktop's original, en la rue Fontaine.

Sentí una punzada de remordimiento por haberme tomado el día libre. La buena de Ernestina pretendía abochornarme: ¡Vivian está sufriendo!, me recordaba. Vivian está por ahí perdida... en las últimas... ¡Vivian se muere! Y tú qué haces: emborracharte con *un hombre cualquiera*, perseguir el fantasma del romántico pasado de los negros.

Sí, amiga mía, respondí dócilmente. *Estoy* corriéndome la gran juerga y él *es* increíblemente guapo. Mañana redoblaré mis esfuerzos para dar con tía Viv. Lo juro.

Desde luego, Cole Porter y Mabel Mercer no habrían tenido nada que hacer allí. Ni mujeres con trajes de noche escotados por la espalda y diamantes, ni un sólo esmoquin a la vista. El nuevo Bricktop's era puro kitsch afroamericano. Fotos firmadas de la dama que daba nombre al lugar, de Louis Armstrong y Lady Day, de Alberta Hunter y toda la retahíla. Muñecas de trapo negritas. Carteles de las películas de Oscar Micheaux. Discos desportillados de Bessie Smith. Platos del menú bautizados en honor de personajes famosos. Pero la comida no estaba nada mal. Devoramos la torta de maíz, el estofado de pollo y la col mientras nos empapábamos del ambiente. El típico negro elegante y entrado en años tocaba a toda mecha un pequeño piano de cola.

La actividad del local también era frenética. En general, las mesas estaban ocupadas por negros de edad, pero también había unas cuantas parejas jóvenes –negras, blancas, mixtas– poniéndose las botas.

Un caballero maduro y locuaz a quien tomamos por el dueño, dada la deferencia con que lo trataban los que parecían ser los parroquianos habituales, presidía una gran mesa redonda del fondo. Allí las bebidas corrían a mares y todos estaban muy animados. Reconocimos a una de las mujeres que lo acompañaba, era una gran promesa estadounidense, con una carrera meteórica a sus espaldas: del coro de la iglesia de Dolor de Estómago, Mississippi, había saltado a las revistas de moda del Metropolitan. André no paraba de mirar en esa dirección y yo supuse que estaba comiéndose con los ojos a la chica en cuestión.

Pero no, me dijo, estaba observando al viejo. Le resultaba vagamente familiar, no acababa de ubicarlo.

—Probablemente fue mayordomo de Eubie Blake o algo así... un personaje de ésos que sólo tú conoces —dije con sorna.

Se ruborizó. Al menos tenía la sensatez suficiente para avergonzarse.

Pedí la cuenta.

Qué día tan completo. Emprendimos el largo camino de regreso al distrito 5 a pie, todavía charlando, haciéndonos esas confidencias que abundan en las primeras etapas de una amistad. De vez en cuando le señalaba un café, un restaurante o alguna esquina donde había cenado con unos amigos, me había citado con un amante o había hecho un descubrimiento cualquiera.

Cuando al fin llegamos al hotel, nos resistíamos a separarnos. Le invité a tomar en mi habitación un vaso del coñac que había comprado y guardado en el armario con mucha previsión.

Colocamos las sillas frente a la ventana abierta y seguimos conversando. Al cabo de un rato, un escalofrío me recorrió la espalda. Sabía que no era efecto del aire nocturno. Era una sensación inquietante. Enseguida conseguí quitármela de encima, pero me dejó un poco aturdida.

—¡Creo que ya lo tengo! —exclamó André sin venir a cuento.

Tuve la sensación de que su voz llegaba desde el fondo de un pozo.

—¿Qué? ¿Qué has dicho? —le pregunté a la vez que apartaba la vista del tablero de la cómoda, que me había tenido hipnotizada.

—¿Te acuerdas del viejo... el dueño del Bricktop's?

—Sí. ¿Qué pasa con él?

—Creo que alguien lo llamó señor Melson... o Melons, ¿verdad?

—Puede que sí, no estoy segura. ¿Por qué?

—Creo que sé quién es.

—¿Quién es?

—Morris Melon. Sin duda. Era profesor, de antropología,

me parece. O de sociología. Sí, eso es. Escribió un libro... un estudio sobre la comunidad negra de Chicago que fue todo un hito. ¿O quizá fue *Metrópoli Negra*? En fin, algo por el estilo. Joder, ¿cómo se titulaba el libro? ¿O era un estudio de las islas Gullah? Me gustaría hacerle una entrevista. Que me contara su historia.

Siguió parloteando y yo sólo le escuchaba a medias. Me levanté y empecé a pasearme lentamente por la habitación, presa de un miedo cada vez mayor.

Haciendo un alto en su viaje compulsivo por los vericuetos de la memoria, André me preguntó:

–¿Qué pasa, Nan? ¿Qué haces?

Empecé a abrir los cajones de la cómoda para verificar no sabía muy bien qué. Inspeccioné la funda del saxo sin ver nada extraño. No echaba nada en falta y, sin embargo, sabía que alguien había estado revolviendo mis cosas. Sobraban indicios: los pendientes estaban en el rincón de la derecha de la cómoda en lugar de a la izquierda; un tubo de crema de manos tumbado en lugar de colocado de pie; unos panties enrollados con los pies hacia fuera en lugar de hacia dentro. Aunque eran detalles tan ínfimos que quizá me los estuviera inventando. Le conté a André lo que me preocupaba. Es más, le dije, tal vez tenía algo que ver con mi tía.

–Pero ¿qué dices? Seguramente ha sido la camarera.

–No –hice un gesto de negación–. No, aquí...

–¿Qué? ¿Qué ibas a decir?

–Aquí pasa algo.

–¿A qué te refieres? ¿Qué pasa?

Sólo pude encogerme de hombros. No tenía ni idea de a qué me refería.

Me sonrió y me tranquilizó, casi llegó a convencerme de que eran imaginaciones mías. Volví a sentarme a su lado junto a la ventana y terminé la copa, pero mi inquietud no llegó a desvanecerse.

–Ya es hora de que me vaya –dijo André con voz queda poco después–. Necesitas acostarte.

–Y tú también, amigo –dije a la vez que asentía con la cabeza.

Él asintió a su vez.

En ese momento, una sombra cruzó por su cara. Yo no lo comprendí. Se detuvo un instante en el umbral para decir el último adiós y se fue.

Un segundo después, oí llamar a la puerta. Allí estaba otra vez.

–¿Has olvidado algo? –pregunté.

–No. Es que...

Esperé en silencio. La sombra de su cara ya era negro nubarrón. Algo andaba muy mal. Entonces soltó el bombazo:

–Me has tomado por un mariquita, ¿verdad?

–Claro que no –pues sí, efectivamente.

No fui consciente hasta ese momento de que tenía esa clara impresión. ¿Qué podía significar si no que un apuesto joven estuviera alojado en casa de «uno de sus profes»?

–No lo soy –dijo amenazador. Hizo ademán de agarrarme la muñeca pero desistió en el último momento–. No soy gay.

Retuve el aliento y guardé silencio. Su mirada era tan penetrante que me obligó a bajar los ojos.

–Mañana me paso a desayunar... si te parece –dijo al fin–. Tenemos que resolver como sea lo de tu tía.

¿*Tenemos* que resolverlo?

Asentí con un gesto.

–Nos vemos por la mañana.

Vale, quizá no era el típico caso de no haber salido del armario. Pero seguro que su historia no se reducía a la de un chaval mulato de mucho talento que se abre camino a pulso hasta salir del gueto y se convierte en el héroe de Gay Paree. No es que sospechara que no me había contado la verdad; sencillamente, había omitido algunos detalles sustanciosos.

Tenemos que.

En cuanto se marchó, eché el pestillo y atranqué la puerta con mi bolso de viaje.

It Could Happen to You
[Podría sucederte a ti]

Cuando llegó André ya me había duchado y vestido para salir.
Venía cargado con una caja blanca atada con una cuerda.
–Enseguida nos traen el café –dije–. ¿Qué llevas ahí?
–Croissants de los buenos –respondió–, y jamón y fruta fresca. Me he pasado por el mercado que hay cerca de casa –levantó la otra mano para enseñarme la bolsa que llevaba colgando–. Y el periódico de hoy.
Extendió todas sus compras sobre la cómoda.
–Estas cosas hasta yo me las puedo permitir –comentó.
–No te preocupes, amigo –dije–. No tardarás en hacerte rico y famoso.
Gracias al cielo, ni en su cara, ni entre nosotros quedaban huellas de la tirantez de la noche anterior. Nos trajeron la bandeja enseguida, se sentó a mi lado en la cama y desayunamos como reyes.
Me sentía bien, feliz, mucho menos sola.
Por desgracia, ese sentimiento cálido y vaporoso se desvaneció tan pronto como desplegué el periódico y vi el siguiente titular:

MUJER ESTADOUNIDENSE BRUTALMENTE ASESINADA.

Mi corazón se saltó un latido.
André reparó en la noticia apenas unos segundos después

que yo. Nos lanzamos a leerla frenéticamente, buscando el nombre de la víctima.

Polk. Mary Polk. Una mujer blanca.

Recobré el aliento.

Durante un par de minutos espantosos había estado convencida de que la asesinada era Vivian. Pero después se convirtió en una noticia más. Continuamos leyendo.

La habían matado a palos en un callejón junto a Le Domino, un bar de mala nota de Pigalle. Por lo visto, había ido a Francia en viaje de negocios, como representante de un mayorista de vinos. Se había alojado en un hotel de lo más respetable del distrito 1, y probablemente se había dado el placer de visitar de noche los bajos fondos parisienses.

El artículo decía que otro cliente del club, un tal Guillaume Lacroix, había sido detenido y puesto en libertad tras someterlo a un interrogatorio. Según la policía, Lacroix (Gigi era su nombre de guerra) era un ladrón de poca monta, y antiguo proxeneta, con una larga lista de antecedentes penales, pero no había pruebas que lo conectaran a la mujer muerta. En la página interior donde continuaba el artículo habían incluido la fotografía del archivo policial de Lacroix, que tenía aspecto de trucha congelada.

Se estaban realizando pesquisas para dar con otro presunto sospechoso, al que no se nombraba. Las autoridades creían que el móvil del asesinato había sido el robo: el dinero, las joyas y las tarjetas de crédito de Mary Polk habían desaparecido.

En la sórdida foto de la escena del crimen se veía a Mary Polk yaciendo en el suelo, con una lona alquitranada llena de sangre tapando la parte superior de cuerpo y las piernas al aire de rodilla para abajo. La visión de sus bien torneados tobillos sobre los zapatos de tacón resultaba tan espeluznante como conmovedora. En otra fotografía aparecía el arma asesina: un pisapapeles envuelto en un «pañuelo empapado de sangre, de color verde oliva y con una insignia colorada bordada en la parte superior izquierda», decía el artículo.

Aparté el periódico para tomarme tranquilamente el café.

André lo cogió y continuó leyendo la noticia y contándomela a la vez.

Yo seguía pensando en mi tía Vivian. En los tiempos dorados en que iba de fiesta en fiesta, era asidua de discotecas y esnifadora de coca. Siempre había admirado su manera de arreglarse: vestidos ceñidos de riguroso negro o monos de colores llamativos y pantalón acampanado. Exploraba los mercados de viejo en busca de sombreros, joyas y zapatos antiguos. Y casi nunca se la veía sin un pañuelo al cuello. Nada de foulards de gasa, pañuelitos más pequeños, tipo vaquero. Decía que daban un toque desenfadado a su atuendo, como si fueran algo de usar y tirar. Los que más le gustaban eran los pañuelos de Girl Scout. Y tenía una cintura tan fina que los podía usar como cinturón. De hecho, los coleccionaba. Debía de tener media docena.

Le arranqué el periódico de las manos a André y me puse a examinar con todo cuidado el pañuelo ensangrentado que envolvía el pisapapeles letal. Como es natural, en una foto así no se apreciaban los detalles, pero... No. No, era un disparate. Qué locura se me había ocurrido. Imposible. No podía ser.

Me levanté de la cama de golpe y André se sobresaltó.

–¿Adónde vas?

–Debo de ser la mayor zoquete que pisa la tierra –dije a la vez que me enfundaba las botas.

–Pero ¡qué dices, Nan! ¿Adónde vas?

–¡A la recepción! –grité mientras forcejeaba con la puerta–. ¡A coger su maleta! ¡Tendría que haberla revisado!

La maleta de Vivian pesaba como un muerto. La metí a rastras en la jaula del ascensor y luego la saqué como pude y la arrastré hasta mi habitación.

Era vieja y no estaba cerrada con llave. La subimos a la cama y abrimos los cierres. Como la habían llenado hasta reventar, un montón de cosas salieron despedidas y aterrizaron en la colcha: jerseys, pantalones, medias, un frasco de champú e incluso un álbum de fotos.

—Me pregunto cuánto tiempo pensaba quedarse —dijo André—. Vaya mogollón de cachivaches.

—Sí, y que lo digas. Y mira qué tipo de cachivaches son... hay de todo.

La variopinta colección era impresionante: rulos de pelo, una vieja caja de cerillas de la Brasserie Lipp, una radio, ropa ligera, ropa de abrigo, dos pendientes desparejados, fotografías, un frasco de perfume vacío. Muchos de aquellos trastos parecían recuerdos más que cosas necesarias para un viaje.

—¿Sabes qué? —dije—. Me da la impresión de que cargó con lo mínimo indispensable para montar una casa. Casi como si fuera a empezar una nueva vida.

—Quieres decir que no pensaba regresar a Estados Unidos.

—Quizá. Lo que me parece más raro es que lo abandonara todo.

—Pero si me has dicho que se largó sin pagar.

—Sí, ya lo sé. Pero cuando piensas dejar un pufo, siempre hay una manera de llevarte algunas cosas, ya sabes, sacarlas una a una en una bolsa de la compra cuando sales por la mañana sin que a nadie le llame la atención. Quien planea escaparse sin pagar la cuenta de la semana, se lleva la ropa de tapadillo y deja la maleta vacía... yo qué sé.

...Esto más bien lleva a pensar que se marchó precipitadamente. Como si no hubiera tenido la intención de dejar la cuenta pendiente.

—Podría ser —dijo André a la vez que cogía el pesado álbum de fotos—. ¿Recuerdas esto?

—No. Llevaba muchísimo tiempo si verla. No sé qué tendría en su casa, dondequiera que viviera.

Abrimos el álbum por la primera página.

—¡Ésa es mi abuela!

La verdad es que no llegué a conocer a la madre de mi padre, que murió joven. Pero recuerdo esta foto suya; había una copia adornando la cómoda del dormitorio de mis padres.

—Vaya, qué sensación tan rara —dije—, ver esta foto al cabo de tantos años.

André fue pasando despacio las páginas del álbum.

–Se parece a ti. ¿Es tu padre? –estaba señalando a un joven alto y de expresión grave, vestido de toga y birrete.

–Sí. Da la impresión de sentirse fuera de lugar, ¿verdad? Como siempre.

–¿No te llevas bien con él?

–Creo que yo lo expresaría de otra forma. No lo veo tanto como para llevarme bien o mal con él. Nunca estuve segura de lo que papá sentía por mí. Cuando se marchó de casa, yo ya era mayor, pero fue como si al dejar de querer a mi madre también hubiese dejado de quererme a mí.

–Eso no lo veo lógico –dijo, demorándose un rato antes de pasar la página–. Guau, ¿ésa eres tú?

–¿A ver?

Una chiquilla con coletas, vestida con pantalones cortos de deporte y camiseta, sonriendo a la cámara.

Dios, qué monstruo de feria era. Me apoderé del álbum y me salté un par de páginas para evitar encontrarnos con alguna foto en la que se me viera recibiendo un premio por haber ganado un concurso de deletreo o por buena conducta.

–¡Aquí tenemos a Vivian! –exclamé.

Llevaba un traje blanco y zapatos escotados a juego, y un velo de novia. El novio era un negro que no me resultaba conocido.

–¡Qué preciosidad! –dijo André–. ¿Quién es él?

–El tío número uno, me figuro. Vivian era jovencísima. No lo recuerdo.

–Mira ésta –dijo André–. Parece otra boda.

En efecto. Reconocí de inmediato el Ayuntamiento de Lower Manhattan. En la escalinata, Viv, con un traje ceñido con cuello de encaje y el pelo levantado hasta alturas vertiginosas, y un hombre tremendamente apuesto –con una melena afro tan grande como el Ritz–, que enseñaba el certificado de matrimonio. De él sí guardaba un vago recuerdo.

Continuamos pasando las páginas.

El maromo número tres también me sonaba conocido. Jerry, así se llamaba. «El bombón sorpresa», creo que fue el apodo que le puso mi padre. Jerry era un músico de L. A. Por lo visto, Viv y él habían ido a Venecia de luna de miel. Y ahí estaban, en traje de baño en el balcón del hotel, con el Adriático como un pedacito de zafiro a sus espaldas.

Vimos a Viv con uno de sus típicos monos sentada a la mesa de un bar. Un cantante romántico Motown que no pasó de segundón en los sesenta, estaba sobándola. André puso nombre a aquel rostro: Chuck Wilson.

Y ahí la teníamos otra vez, tocada con un alegre sombrero africano y recibiendo un autógrafo de un negro de aire simpático, con un fondo de sillas y mesas de cabaret.

–Ése es Oscar Brown Jr. –dictaminó André.

–Pues sí, creo que tienes razón –dije–. ¿Y éste quién es? –señalé a un caballero de otra foto, que, sentado ante el teclado de un Steinway, le estrechaba la mano a Vivian.

–Me parece que es Wynton Kelly.

–Estás de broma.

–No.

–¿Y de esta mujer qué me dices? –pregunté a la vez que pasaba a la página donde Viv, con sus mejores galas nocturnas, levantaba un vaso de vino saludando a una señora de ojos somnolientos que también estaba sentada junto al piano de algún club. Saqué la foto de su funda de celofán y le di la vuelta, ahuecando la mano para que André no viera lo que estaba escrito por detrás: «Shirley Horn en el Blue Note, 1971».

–Shirley Horn –dijo André.

–Eres alucinante. ¿Quién es este guaperas que está tocando el bajo?

–Ray Brown.

Una vez más, saqué la foto del álbum para leer el reverso. Había acertado de nuevo.

–Maldita sea, no fallas una.

Se encogió de hombros como queriendo ocultar su pecho henchido.

Cogí otra foto y la miré por delante y por detrás.

–Apuesto lo que sea a que con ésta te pillo.

–¿Por qué? –preguntó André–. Déjame verla.

Esta vez le tendí la fotografía. Se veía a Vivian con un negro de rostro agradable y no más alto que ella, aunque muy bien proporcionado. Estaban enlazados por la cintura bajo un cartel que decía en francés:

ENTRADA – JARDÍN EXÓTICO.

André examinó la cara del hombre largo rato.

–Esta vez me has pillado –reconoció–. No lo identifico. Vamos a ver quién es –y le dio la vuelta a la foto.

En el reverso estaba escrito:

Picnic con Ez, cerca de Èze. ¡Ja, ja!

–¿Qué significa esto? –preguntó André–. ¿Dónde está Èze?

–En la Riviera. Algún día iremos a cenar y a pasar la noche en ese fantástico hotel. Cuando podamos permitirnos derrochar dos mil dólares.

–O sea ¿que tú has estado ahí?

–Pues sí, una vez.

–¿Quién te llevó?

Exhalé un pequeño suspiro como quien está de vuelta de todo.

–Nadie del otro jueves. El típico doctor Jekyll y mister Hyde. Un error de la naturaleza vestido con pantalones.

–¿Te pegó o algo por el estilo?

–«Algo por el estilo.» Sí, más bien fue algo así. El problema con los tíos que saben mucho más que tú es que saben *mucho* más que tú. En fin, al menos asumo con sinceridad el mal gusto que demuestro de vez en cuando con los hombres. Dios sabe que Vivian también tuvo sus deslices.

André volvió a bajar la vista hacia la instantánea.

–Puede que el tal Ez resultara ser uno de los errores de Vivian. Pero dices que no lo conoces.

–Nunca oí hablar de él –dije, haciendo un gesto negativo.

Seguimos jugando a las adivinanzas un rato y luego me sumergí de nuevo en la maleta. Más cachivaches, como los llamaba André. Pero ni una pista que nos aproximara a Viv. Ni agendas telefónicas, ni billetes de avión, ni nombres o números de teléfono garrapateados en servilletas de papel. Tampoco encontré pañuelos de Girl Scout. Me figuro que la cintura de Viv ya no es lo que era.

Al fondo apareció una raída chaqueta vaquera. Me levanté para probármela. Un par de tallas demasiado pequeña para que encajáramos en ella yo o cualquiera de mis amigas. Embutí la mano en uno de los bolsillos del pecho y saqué un trozo de papel mugriento, enroscado como un canuto bien liado. Lo desplegué y vi con perplejidad que era un billete de cien dólares estadounidenses.

André y yo hicimos un registro exhaustivo, volviendo hacia fuera los bolsillos, palpando las costuras, abriendo los tarros, sin pasar nada por alto, pero no encontramos más dinero.

—Me figuro que era su reserva para emergencias —comenté.

—Sí. Y por lo que me has contado sobre el telegrama que mandó a tu madre y todo lo demás, ésta era una auténtica emergencia. ¿Por qué no tiró de la reserva?

Buena pregunta.

Devolví el billete a su lugar, cerré la maleta y me senté encima para atar las correas.

—¿Quieres saber mi opinión? —dije—. Creo que Viv salió de su cuarto un día como cualquier otro y luego le sucedió algo. Yo qué sé... vio algo o a alguien que le pegó un susto de muerte, o se la llevó a la fuerza... o lo que fuera.

»O bien eso, o bien volvió al hotel y se topó con alguien o algo que la esperaba, y tuvo tanto miedo que ni se atrevió a subir a por su equipaje —esperé unos minutos y, como André no decía nada, le pregunté—: ¿No te parece lógico?

Esta vez fue André el que tuvo una reacción inesperada. De golpe y porrazo retiró los restos del desayuno, se precipitó hacia armario donde guardaba mis cosas y empezó a abrir los cajones.

—Pero ¿qué haces?

—Recoger tus bártulos –dijo–. Nos largamos. Vas a irte del hotel.

—¿Adónde voy a ir?

—A mi casa.

—¿Por qué?

No hubo respuesta.

—¿Por qué? –insistí–. Crees que aquí me puede pasar algo. ¿Es eso lo que te preocupa?

—No lo sé. Pero creo que debes marcharte. Además, no te vendrá mal ahorrar un poco.

—Te has convencido de que anoche entró alguien en la habitación... ¿es por eso?

—No... o sea, no lo sé... quizá. Pero aparte de eso, quiero que me acompañes. Quiero que vengas a mi casa.

Llamé a la recepción para informarles de que iba a dejar la habitación y necesitaba sacar el sobre que había guardado en la caja fuerte.

—¿Sabes, André? –dije al terminar de hacer el equipaje–. No es la primera vez que me mudo a casa de un desconocido. Ya lo hice en una ocasión.

—¿Y qué pasó?

—Nada bueno. Nada bueno. Fue un desastre apoteósico.

Straight Street
[La calle correcta]

Me apeé del taxi de un salto.
—Santo cielo. ¿Vives en la rue Christine?
—Sí. ¿No te lo había dicho?
—Si me lo hubieras dicho, André, ten por seguro que lo recordaría.
—Estás flipando porque sabes que Baldwin vivió una temporada en esta calle. ¿Acierto?
—No, tontaina. Estoy «flipando» porque estoy tan encariñada con esta maldita calle como un niño con su mascota. Cuando dijiste que habías ido al mercado a comprar el jamón, te referías al mercado de la rue de Buci, ¿verdad?
Sin esperar a escuchar su respuesta, eché a correr escaleras arriba delante de él.
—¿Qué piso es? —le pregunté a voces mientras él forcejeaba con la maleta de Viv.
—El ático.
¡Cielo santo!
La tetería de enfrente, con esas magdalenas que están para morirse. El ciego de la tienda de plumas estilográficas. El cine de cincuenta butacas del otro extremo de la manzana. Hubo un tiempo en que me habría hecho prostituta barata con tal de vivir en esa manzana; habría vendido a mi abuela y hasta mi alma, de ser necesario. Cierto día de verano, cuando tenía diecinueve años, iba caminando por una calle perpendicular a ésta, la rue de Seine, y al doblar la esquina,

me enamoré perdidamente de la rue Christine. Ni siquiera sabría explicarlo; en el mismo barrio se podía vivir en rincones mucho más bonitos. Pero siempre volvía a esta calle, la paseaba día y noche, atenta al discurrir de la vida, fingiendo que vivía en el piso de encima de la tienda de lencería. Cuando volví al colegio en otoño, la calle reaparecía constantemente en mis sueños.

Y ahora André estaba abriendo la puerta para dejarme entrar, ¡qué pasada! Una claraboya. El piso era minúsculo, pero precioso. ¿No sería un sueño? Eché a volar por la habitación, tocándolo todo... la lámpara, la pila de la cocina, el equipo de música.

Me volví hacia André, que me miraba como si estuviera chiflada. Empecé a reírme como una loca. No me extraña que pensara que se me había ido la bola. Estaba portándome como... como el propio André cuando le hincaba el diente a algún enigma de los negros, sólo que yo actuaba en versión de niña de colegio.

Cuando al fin dominé el ataque de risa, la expresión de mi amigo se había transformado. Esa cara la conocía yo: cara de deseo. No, no es ésa la palabra. El deseo era lo de menos. Su rostro proclamaba, con tanta claridad como el titular de un periódico, voy a follarte. Sin preliminares. Sin cruzar palabra. A toda costa. Follarte.

No le contradije, no me paré a analizarlo. Con quitarme el vestido ya tenía bastante.

Corrí, literalmente, hacia mi maleta y la abrí de golpe para buscar un condón. Pero André se adelantó y me inmovilizó. Dejé de forcejear porque sentí miedo de que me partiera el cuello, con tanta fuerza lo tenía aferrado. Sentí miedo, punto. Estaba asustada de André, y aún más asustada de la fuerza bruta de mi deseo, que me hizo gruñir como una demente cuando nos desplomamos en la alfombra mientras él me arrancaba las braguitas.

Cayó sobre mí como una tromba. Estaba descoyuntándome, empapándose de mí, embistiendo contra mis entrañas como un jabalí. De pronto, un alarido. Le había abierto una brecha sobre la ceja izquierda con las uñas sin darme cuenta. Una de dos, o teníamos un orgasmo sincronizado o acabábamos matándonos.

Una pesadumbre infinita rebosó de su garganta cuando se relajó. Hundí los dedos en su pelo y le levanté la cabeza de mi pecho para mirarlo a los ojos. Tenía la cara pálida y húmeda, y sollozaba. Cubrí su boca con la mía, rodamos abrazados y comenzamos a follar otra vez casi sin fuerzas.

A través de las lágrimas, habló por primera vez desde que habíamos entrado en su casa.

–Sé mía –fue lo que dijo.

–Lo soy –le repuse al instante.

Preparó el café, dándome la espalda. Sin más ropa encima que los calzoncillos. Su espléndido trasero, apenas insinuado, parecía hacerme un guiño como un cartel porno. Una ráfaga tórrida reavivó las ascuas de mi deseo. Mentalmente salté a la siguiente ocasión en que yacería jadeante bajo su cuerpo, casi incapaz de auparme hacia él; la próxima vez que lamería el hueco de su garganta al mismo ritmo que él me acariciaba por dentro con el dedo. Ay, Nan, chica voraz. Rechacé esa imagen y me concentré en deshacer el equipaje.

Él abrió las ventanas, sirvió un par de cafés y me trajo el mío en una tacita amarilla.

–¿Nan?

Levanté la vista hacia él.

–Nunca había hecho algo así –dijo–. Ni parecido.

–Yo tampoco. Y eso que soy un pendón. Según el criterio de algunos, quiero decir.

Las siguientes cuarenta y ocho horas pasaron en un soplo. Sé que llamé a mamá por teléfono para comunicarle, ejem, que me había mudado, y para transmitirle el informe de la evolución estancada de mis averiguaciones. Sé que André y yo bajamos dos o tres veces a tomar un bocado en el café de la acera de enfrente. Sé que hicimos un par de incursiones de reconocimiento en hoteluchos y albergues para preguntar por Vivian, e incluso publicamos un anuncio en el *Trib* a la desesperada. Pero la mayor parte de esos dos días, de esas horas, se fue en un torbellino de sexo, el más desbocado, indecente y sexy que nunca había disfrutado.

Los acoplamientos al estilo troglodita fueron dando paso a miradas prolongadas y besos más largos, a tocamientos y lametones que nos llevaban al borde de la locura; lo hicimos en la bañera, nos metimos trocitos de queso en la boca con los dedos y, en general, nos dimos mutuamente un repaso como el que darían un par de niños a un surtido de galletas.

Era casi imposible pensar en la tía Viv y sus problemas. Pero, el tercer día, la niebla empezó a disiparse y pude concentrarme un poco mejor.

Esa tarde me pasé con André por el hotel de Cardinal Lemoine, por si acaso Vivian había regresado a pagar la cuenta y a recoger sus bártulos. En eso no hubo suerte. Pero la madame, a quien regalamos un ramo de flores deslumbrante, tuvo a bien realizar nuevas pesquisas telefónicas: esta vez para averiguar si Vivian estaba en la cárcel, registrada con cualquiera de sus numerosos nombres.

Todavía éramos incapaces de mantener las manos alejadas del otro, pero al menos habíamos aterrizado lo suficiente como para que nos apeteciera una comida casera. De regreso hacia el piso de André, hicimos un alto en un mercado al aire libre para comprar provisiones y vino. Metí el pollo en el pequeño horno y me puse a pelar patatas. Mientras cocinaba, André me dio una hermosa serenata, una miscelánea de temas conocidos que, interpretados al violín, adquirían una frescura que los hacía sonar como algo totalmente diferente.

El concierto se reanudó después de la cena. Estaba bebiendo a chorros su «Don't Worry 'Bout Me» cuando se detuvo en mitad de una nota, con una expresión rarísima en la cara.

–¿Qué? –dije, saliendo de golpe de mis ensoñaciones.

–He tenido una idea fantástica.

Qué maravilla, a mi amado se le había ocurrido una idea.

–¿Qué idea?

–¿Sabes tocar «Sentimental Mood», verdad?
–Claro –repuse.
–Estupendo. Y... vamos a ver... ¿qué más? ¿Conoces «Blue Room»?
–Por supuesto.
–Saca el saxo.
Un dúo.
¿Y por qué no? Si nos parecíamos como dos gotas de agua. Dos afroamericanos neofrancófilos e intoxicados de jazz.

Antes de conocer a André apenas había prestado atención a los violinistas de jazz. Ahora me reprochaba no haber hecho un esfuerzo para ver a artistas como Regina Carter o Maxine Roach y el grupo de mujeres con el que tocaba en Nueva York: el Uptown String Quartet.

Me había vuelto de la opinión de que los violinistas eran los compañeros ideales para cualquier músico. Stuff Smith había colaborado con gran éxito con Dizzy, y con Nat Cole y Ella. ¿Quién más? No podía olvidar a Joe Venuti. Y también estaba el anciano caballero a quien llamaban «el Violinista», Claude Williams, quien habría sido muy capaz de acompañarse con la guitarra si hubiera tenido cuatro manos. Y, cómo no, la archifamosa combinación de Grappelli y Reinhardt.

El mundo me consideraba un cero a la izquierda de Queens. ¡Ja! No tenían ni idea de con quien se las tenían que ver: ni más ni menos que con la nieta gitana ilegítima de Django.

◆

Lush Life
[La vida muelle y regalada]

Había llegado el momento de arriesgarse.

El tiempo volaba y, antes de que Vivian no fuera más que un recuerdo, tenía que hacer algo concreto, actuar con energía. Y actuar ya.

Por eso tomé la decisión de lanzarme a los bajos fondos, de volver a Pigalle.

Por lo que sabíamos, Vivian no estaba muerta ni muriéndose. Lo cual no significaba que no siguiera en un atolladero. Supuse que si estaba pelada, hambrienta, sin posibilidades de recuperar su dinero porque no podía volver al hotel y, a buen seguro, sin posibilidades de encontrar trabajo en París, tal vez hubiera optado por salirse un poco de la legalidad, o incluso por darse al crimen puro y duro. Así pues, decidí pedir ayuda al único delincuente francés que conocía... o, más bien, *que me sonaba conocido*.

El primer riesgo que corrí fue contarle a André una bola como un piano de cola. Le dije que me había topado en el *drugstore* con una antigua compañera de clase que vivía en París. Esa noche íbamos a salir a tomar unas copas, a despellejar a los hombres y ponernos al día. Era una salida sólo de chicas, le expliqué; cuando volviéramos a quedar, se lo diría para que viniera con nosotras.

Y es que me temía que se pusiera como loco si le revelaba mis auténticos planes. Por lo tanto, él pasó la noche en Passy, tocando con un par de músicos, y yo me marché a cenar con mi amiga imaginaria.

La noticia del asesinato de Mary Polk, la mujer de negocios norteamericana, había dado una aureola siniestra al Domino, el club donde murió, como si fuera la central del crimen organizado. En realidad, no era más que una especie de versión francesa del antro en el que bailaba mi amiga Aubrey en Nueva York. Borrachos a montones. Un pequeño desfile de yonquis. Bebidas aguadas, fulanas en los huesos y un puñado de hombres salidos que no sabían dónde se estaban metiendo.

Estuve de palique con el camarero, me pasé cuatro pueblos dejando propinas y me entretuve bebiendo cerveza que sabía a pis de burro suficiente tiempo como para conseguir lo que quería: Gigi Lacroix, el ex chulo al que habían interrogado y dejado en libertad durante la investigación del caso de Mary Polk, se dejó caer por el club sobre la una de la mañana.

Pues sí, un poco pringoso sí que era. No me sorprendió. No esperaba ver a un tipo con boina que llevara en la mano un ejemplar de *La náusea* con una señal en la página que estaba leyendo y fuera tarareando los grandes éxitos de Jacques Brel. El toque cutre lo tenía previsto, y a la vista estaba. Gigi era un hombre flaco con un bigote fino y el pelo mal cortado, y además un fantasmón como la copa de un pino.

Pero el caso es que con sus grandes ojos a lo Charles Aznavour y sus andares de Popeye en cierto modo resultaba entrañable.

Gigi afirmaba que había dejado el negocio de la prostitución hacía siglos; «esos desvaríos» eran cosa del pasado. De creer lo que decía, ahora era un pobre infeliz que disfrutaba de su jubilación y, según le parecía, «tenía el culo de la muerte pegado a las narices». Guillaume Lacroix aseguraba ser un tío normal a quien le gustaba cenar caliente a su hora y, cómo no, vaciar un vaso de vino de tanto en tanto. *Pero*... si algún hombre decente estaba desesperado por conseguir compañía femenina, o si cualquier persona con algo para vender necesitaba que le presentasen a otra que lo quisiera comprar... dejó la frase en el aire a la vez que hacía ese gesto tan francés, encogerse de hombros. «*Entendu?*»

¿Entendido? Lo entendía a la perfección, dije, al tiempo que liberaba mi mano de las suyas y le indicaba por señas al camarero que nos sirviera otra ronda.

A diferencia de sus estirados compatriotas, Gigi adoraba a los norteamericanos, eso me dijo. Sobre todo a Al Pacino. Era muy aficionado al cine, ¿yo también?

Sí, sí, muchísimo.

¿No estaría relacionada de alguna forma con la industria cinematográfica, verdad? ¿O si no mi compañero de viaje?

Lamentablemente, no, reconocí, pero los dos éramos músicos, ¿no era un punto a nuestro favor?

—La verdad es que no —dijo Gigi—. París está infestado de músicos, y no se lo tome a mal.

En cualquier caso, él no era la persona adecuada para hablar de música. La experta era su amiga Martine. Probablemente pasaría por el club sobre las dos y media.

No vi la necesidad de andarme con evasivas con Gigi Lacroix. La pasma le entusiasmaba tan poco como a mí. Le expliqué la historia de la tía Viv. Digamos, más bien, que le conté una versión censurada de la historia, sin mencionar los diez mil dólares que iba a entregarle y haciendo hincapié en lo preocupada que tenía a la familia. El objetivo de mi viaje era rescatar a mi aventurera tía, que bebía un poco y que siempre tuvo más energía que cerebro.

Mientras me escuchaba, Gigi se atizó como quien no quiere la cosa otro de los muchos Pernods a los que le estaba invitando.

—Hum —masculló al final del relato—. No conozco a esa señora. Pero debo reconocer que parece una mujer interesante.

—¿Cree que podría ayudarme? ¿Informarse entre sus conocidos?

Hizo otro gesto patentado: frunció los labios a la vez que enarcaba las cejas y ladeaba la cabeza. Maurice Chevalier vestido de poliéster. Qué tipo tan desternillante.

Supuse que no sería difícil llegar a un acuerdo.

—*Écoute*, Gigi —dije—, lo que le pague no le dará para retirarse a las montañas, pero creo que podremos entendernos. Eso sí, necesito dejar algo muy claro.

—Cómo no —dijo cordialmente.

—¿Tuvo usted algo que ver con la muerte de Mary Polk?

El falso aire campechano se desvaneció a la vez que hacía un gesto negativo.

—Tampoco tuve el placer —dijo— de conocer a la infortunada víctima. Los dos tuvimos la mala suerte de estar precisamente allí en ese justo momento, así de sencillo.

Tuve una repentina visión fugaz del pañuelo de Girl Scout. Apenas duró un instante.

—¿Pudo usted echar un vistazo a la escena del crimen? Me refiero al callejón trasero, donde la encontró la policía.

—¿Yo? Ni hablar, no me va nada el morbo. Los muertos no me inspiran curiosidad. Sobre todo si anda por medio la policía.

Tomé buena nota sin hacer comentarios.

Me sentía de alguna manera como en aquella ocasión en que descubrí la silla de mis sueños en una tienda de muebles de Nueva York. La vendían a un precio irrisorio. No logré encontrarle ningún defecto, pero sabía que no me devolverían el dinero si resultaba que la habían encolado con saliva. Sabía, además, que el dependiente era la última persona a la que debía pedirle garantías de que estaba bien. Y, sin embargo, eso fue lo que hice. También le dije que si descubría que me había dado gato por liebre, volvería y haría que lo pusiera de patitas en la calle. Fue una amenaza sin ningún fundamento. Pero él me tomó al pie de la letra y salí de la tienda con una garantía personal firmada por él en la mano. Fue una de esas raras ocasiones en que el racismo actúa a tu favor en lugar de en contra tuya.

Y así fue como me alié con Gigi, el chulo engominado y entrado en años, asegurándole que si se le ocurría jugarme una mala pasada, tendría que recurrir a Al Pacino para que lo librase de mí. Convertiría su jubilación en un infierno e incluso informaría a la policía de que me había dicho que sabía quién había asesinado a Mary Polk además de a mi tía.

¿Se tomó en serio mis amenazas? No me dio esa impresión, desde luego. Pero, aun así, decidí sumar fuerzas con él.

Gigi estaba comparando *El padrino III* con las otras entregas de la serie cuando entró en escena Martine. Gigi Lacroix era uno más de un millar de tipos sin importancia a los que había conocido por el mundo: un hombre ingenioso, astuto y vago, aficionado incorregible al latrocinio y que sacaba partido de la debilidad ajena. Dicho en pocas palabras, un personaje pintoresco del hampa, ni más ni menos. Pero su amiga Martine era harina de otro costal: el corazón se me subió a la garganta al verla.

Para empezar, la chica tenía una buena cicatriz... desde la mandíbula hasta el cuello. Aunque no era más alta ni más robusta que Gigi, sus solos andares inspiraban miedo. Se quedó mirando fijamente a Gigi a los ojos, haciendo caso omiso de mí hasta que él nos presentó; entonces me examinó la cara y el torso con sus ojos llameantes. Yo bajé la vista hacia sus zapatos de tacón de aguja, todos ellos cintas y cordones que le trepaban por los tobillos como una culebra.

Martine parecía ocupar todo el espacio de la barra. Gigi y ella se fundieron en un sensual abrazo de amantes durante un par de minutos y luego él le contó mi historia de cabo a rabo. Ella la escuchó sin comentar nada mientras se atizaba un lingotazo del Pernod de Gigi.

Eran más de las cuatro de la mañana cuando regresé al piso de la rue Christine. André dormía pacíficamente y sólo se despertó el rato necesario para preguntarme si me había divertido con mi compañera ficticia... y para añadir que esperaba no ser uno de los tíos a los que habíamos despellejado.

Para nada, le dije, y le obligué a apoyar de nuevo la cabeza en la almohada. Luego fui a quitarme de los poros el pestazo del bar y el olor a tabaco rancio con una buena ducha.

A la mañana siguiente tendría que contarle lo que había hecho de verdad y prepararlo para que conociera a Gigi.

Como era de prever, no le hizo ninguna gracia. Fui testigo del peor aspecto de su prudencia cuando se convirtió en mi padre durante quince minutos. Me abroncó por haberme metido en la guarida del mal; me dio la charla por haber puesto en peligro nuestra condición de extranjeros de color decentes; ridiculizó mis veleidades de detective, etcétera, etcétera.

Aguanté el chaparrón, hay que fastidiarse. Luego, después de escuchar la defensa razonada, paciente y exhaustiva que hice de mi postura, hubo de reconocer que la prudencia no nos llevaría a ninguna parte en la búsqueda de Vivian.

Después de haber tomado un desayuno tardío y de habernos lanzado a la calle, André prolongó mi castigo durante un par de horas tocando todas las melodías de ritmo rápido que conocía. Juro que, a pesar de la resaca, fui capaz de seguirle el compás.

Los clientes que ocupaban la terraza estaban entusiasmados con nosotros. Nos tributaron una ovación clamorosa. El estuche del violín de André rebosaba de francos. Habíamos interpretado dúos por todo París y, en ese momento, estábamos en uno de nuestros rincones preferidos. Allí habíamos recaudado tanto o más dinero que en Au Père Tranquille o en el pantagruélico café de la rue de St. Denis, donde las lumis a veces nos echaban una mano con el pregón de propaganda, y también habíamos ganado más que con varias horas de actuación en el metro.

—¿No podrías tocar un poco más deprisa? —dije entre dientes.

—No seas sarcástica y concéntrate —dijo. Otra vez aquella sonrisita de suficiencia. Me dieron ganas de pegarle un guantazo.

En realidad, no es verdad. En primer lugar, siempre que miraba su boca, tanto si estaba sonriente, como con una media sonrisa o como fuera, sólo sentía ganas de morir en sus brazos. En segundo lugar, André había conseguido lo imposible: me había flagelado, metafóricamente hablando, hasta que aprendí a tocar «Segment» de Bird a la vertiginosa velocidad adecuada. ¿Cómo me iba a enfadar con él? André tenía mejor concepto de mí como música que yo misma y, estuviera o no en lo cierto, era incuestionable que había mejorado muchísimo. Tocando con él, notaba mis progresos día a día. Era como si me superase continuamente a mí misma para no quedar descalificada en un concurso.

—Nos retiramos, ¿verdad? –le amenacé cuando ya me había puesto a recoger. Estaba exhausta después de pasar prácticamente en vela la noche anterior.

—De acuerdo –dijo–. Vámonos a casa.

Me rodeó con un brazo y juntos echamos a andar por la avenida de la Grande Armée en el dulce aire primaveral. Caminamos sin pronunciar una palabra a través del tráfico, de los bulliciosos bulevares y de las callejuelas estrechas. Regresábamos a casa para asearnos e, ineludiblemente, hacer el amor antes de acudir a la cita para cenar con Gigi. Era una vida tan maravillosa que casi me daba miedo.

Casi. Aún no había necesidad de pensar que los dioses estaban a punto de bajar el rasero de mi vida perfecta. Porque, a todas luces, distaba mucho de ser perfecta. No había encontrado a Vivian. De hecho, estaba a años luz de encontrarla, ni rastro de mi tía, aquello empezaba a reconcomerme. Ojalá Gigi se presentara con alguna información, por mínima que fuera.

Ya en la seguridad de nuestro nidito de amor de la rue Christine, dormí una buena siesta flotando en la ingravidez que sigue a las relaciones sexuales. Es curioso que los sueños de la siesta sean los peores mientras que los polvos vespertinos suelen ser los mejores.

Sobre las siete, André y yo nos vestimos casi a juego, de vaqueros negros y camisa blanca. Después de darnos mutuamente un buen repaso visual y comprobar que estábamos impecables, fuimos a coger el metro de St. Michel para acudir a nuestra cita con Gigi en el *bistro* de la Bastilla donde le gustaba comer.

El comedor olía como es debido, eso desde luego. Me envolvió el aroma a cebolla y romero, conejo y escalopes, mollejas, queso con un siglo de curación y denso vino tinto. Escudriñé la sala sencilla y bulliciosa en busca de Gigi, que aún no había llegado. Las alarmas del hambre se me dispararon tan pronto como nos sentamos a una mesa. Estábamos devorando aceitunas cuando divisé al señor Lacroix seguido por la encantadora señorita Martine.

El menú fue memorable, y apuesto a que no había allí ningún cuarteto como el nuestro. Gigi y yo llevábamos el peso de la conversación, que giraba en torno a las personas a las que él había tanteado para informarse sobre la tía Vivian. André, aunque se le notaba un poco incómodo, ensayaba animosamente con Gigi los modismos franceses recién aprendidos; y Martine, quien a todas luces consideraba absurda la misión de Gigi, apenas se molestaba en despegar los labios si no era para pedir y trasegar vino como si... en fin, como si fuera ella quien invitaba.

–Estamos prácticamente seguros de que tu tía no es del oficio –declaró Gigi.

Estupendo, una buena noticia. De ser cierta la información de Gigi, de momento la tía Viv no se había convertido en una buscona. Miré de reojo a Martine, que se reía a mandíbula batiente.

Por lo visto, Martine tenía tantas ganas de alardear de su inglés, que no estaba nada mal, como André de dominar el francés coloquial.

–¿De qué va vuestro rollo? –preguntó con campechanía a la vez que se servía más vino–, ¿qué es lo que tocáis? ¿Eso que llaman *jazz*? –pronunció la palabra como si fuera algo indecente que hubiese encontrado en la nevera.

–Pues sí –repuse–. ¿Qué pasa? ¿No le gusta el jazz?

–No vale para nada –dijo, encogiéndose de hombros–. Tocar música popular está al alcance de cualquiera.

–¿Conque sí? –dije serenamente. *¿Conque sí, eh? ¿Es eso lo que piensas, fulana repelente?*–. ¿Qué música admira usted, Martine?

–El blues –respondió sin pensárselo.

André y yo cruzamos las miradas. Debo reconocer que la suya era más festiva que la mía.

–Todo el mundo habla y habla de los *jazzmen* –dijo Martine desdeñosamente–. Que si son fantásticos, que si son tan sofisticados. A la mierda la sofisticación. La única música norteamericana auténtica es el blues. ¿Os creéis capaces tu chico de las trencitas de niña y tú de hacer lo que hace John Lee Hooker? –en realidad, pronunció *Jean Lee Ook-heir*–. ¿Sentís vosotros su angustia? ¿Sentís su *cri de coeur*? ¿O de ser como Lightnin' Hopkins (*Op-keens*)? ¡Ni hablar! Por mucho que toquéis vuestras baladas infantiles, nunca conseguiréis despertar los mismos sentimientos que Muddy Waters. No. Comparados con ellos, no tenéis *feeling*. Ni *soul*. Por muy negros que seáis.

¿Cómo podía reaccionar? Si me levantaba y le pegaba la bofetada que se merecía, causaría un sinfín de problemas. Quizá alguien se alarmara y pidiese ayuda. Quién sabe si Gigi no rompería nuestro acuerdo y me dejaría en la estacada. Y también era posible que Martine, aunque fuera una peso pluma comparada conmigo, acabara dándome una buena zurra. Me quedé sentada. De momento, estaba obligada a tener manga ancha.

–Muchas gracias, Martine –dije con soltura–. Ha sido sumamente interesante. Dígame, ¿es Muddy Waters su noble salvaje preferido?

–No te las des de lista conmigo.

–¿Es *ella* la que se las da de lista? –dijo André, que había dejado de encontrarlo divertido.

Desentendiéndose de su comentario, Martine dijo:

–Si de verdad quieres saber quién me gusta... para mí, no hay nadie como Haskins. Fue el mejor de los *bluesmen*.

¿Haskins? ¿Quién demonios era Haskins?

Miré a André, Don Sabelotodo en Música Negra, para que me echara un cable. Pero, al parecer, a él tampoco le decía nada ese nombre.

–No me extraña que no hayáis oído hablar de él –comentó Martine con altanería–. ¿Lo ves, señor Trencitas? Ya te había dicho yo que no tenías ni idea de lo que es el *soul*.

Y los tres tuvimos que aguantarnos –Gigi, André, que estaba que echaba chispas, y yo– mientras Martine se lanzaba a darnos la charla.

–Little Rube Haskins –dijo– era un gigante. Un héroe. Lo encerraron injustamente en una de esas cárceles racistas de Mississippi. Pero escapó, y fue primero a Canadá y luego a Marsella. Al final, recaló en París. Fue el último de una raza de gigantes, como Leadbelly y 'Owling Wolf.

André escuchó muy atento mientras Martine seguía parloteando.

–Oiga, Martine –intervino cuando la conferenciante al fin hizo una pausa para respirar–, ¿me está diciendo que el tal Haskins vivía y actuaba en París en los años setenta?

–Eso es.

–¿Y dice que él mismo componía sus canciones?

–Exactamente.

–Entonces... ¿cómo es posible que yo no sepa nada de ese genio? O sea ¿cómo es que no lo mencionan en ningún libro? ¿Por qué no lo incluyen en las listas de compositores de música popular? ¿No es muy raro que no lo haya oído nombrar ni una sola vez?

Martine encendió un cigarrillo con el mechero desechable de Gigi. Dio una sensual calada y luego dijo a André:

–¿Esperas que yo te explique el motivo de tu ignorancia? Eso sí que no lo puedo hacer.

André respiró hondo, como si estuviera contando hasta diez.

–Me figuro que no tendrá ningún disco suyo, ¿verdad?

–¡Discos! –se burló Martine–. ¿Discos? No grabó ningún disco. A la industria discográfica sólo le interesa el dinero, de la verdad no quiere saber nada. Los aficionados eran los únicos que apreciaban a Haskins. Además, murió justo cuando iba a grabar un álbum.

–Entonces, ¿dónde lo escuchó? ¿Iba a los sitios donde se reunían los aficionados? ¿O a alguna especie de concierto clandestino?

–Pero ¿qué dices, ignorante? No lo he visto en mi vida. ¿Cuántos años te has creído que tengo? En esa época yo no era más que una niña. He escuchado las grabaciones que se hacían en los clubes. Hoy día son piezas de coleccionista.

André le dirigió una larga mirada escrutadora, cargada de escepticismo.

A la vez que apuraba el vaso, Gigi le pasó el brazo por los hombros a Martine con gesto de propietario.

—Mi Martine es una enciclopedia viviente, ¿verdad? No hay nada que no sepa, nada sobre lo que no tenga opinión, ¿a que sí?

—Sí —dijo André en inglés—. Y así le luce el pelo.

Le dirigí una mirada incisiva.

—Oiga, Martine —le provocó—, ¿cuál es su canción preferida de este genio... como se llame... Rube Haskins?

—«La oración del bracero» —replicó de inmediato.

—¿Qué? —André se echó hacia atrás, riéndose descaradamente de ella.

La mirada que le lancé esta vez iba cargada de esquirlas de cristal.

—¿Te parece gracioso? —dijo Martine, enrojeciendo hasta la punta de las orejas—. ¿Crees que Haskins no era capaz de componer mejor que esos blanduchos y miserables inmigrantes blancos a quienes veneráis los músicos de jazz? ¿Prefieres escuchar a Cole Porter en lugar de las palabras que salen del corazón de los descendientes de los esclavos? ¿No te das cuenta de que te estás poniendo en ridículo?

Mierda.

Como diría mi amiga Aubrey: *¿Por qué has tenido que decir eso?*

A André se le estaban desorbitando los ojos. Espumeaba por la comisura de la boca. Tenía los puños apretados. Todas las señales de un ataque masivo inminente.

Se inclinó amenazadoramente hacia Martine.

—Escúchame bien, mamarracho, tus conocimientos del blues... —fue todo lo que pudo decir antes de que le hincara la punta de mi bota en el tobillo.

—¡André! —le abronqué como un sargento de instrucción—. ¡Ya invitaremos a Martine a casa otra noche para charlar de nuestras cosas! Ahora tenemos muchos asuntos pendientes, ¿no te parece, André?

Aunque echaba humo por las orejas, cerró la boca y, salvo por alguna que otra salida ingeniosa, permaneció callado mientras yo le entregaba varios centenares más de francos a Gigi y escuchaba su informe detallado sobre adónde iba a ir esa misma noche para tratar de averiguar el paradero de Vivian. Escribí en un papel el teléfono de la rue Christine y él se lo guardó en el bolsillo.

Antes de separarnos, Martine se tomó un Armagnac y pidió cafés para todos. Qué tía tan generosa, ¿verdad? A mí no me apetecía un maldito café, pero fue demasiado rápida. Pagué la cuenta, mosqueadísima con ella y con André.

Nos despedimos en la calle, Gigi haciendo alarde de buenos modales y buena voluntad.

–Ya no tienen por qué preocuparse –nos tranquilizó–. Encontraré a su tía descarriada.

–Vosotros tampoco tenéis por qué preocuparos –masculló André inaudiblemente–. ¿Por qué no usáis nuestro dinero para ir al Delta en un puto taxi? A ver si os enteráis de lo que es el verdadero blues.

Esperé a que nuestros compañeros doblaran la esquina para descargar la furia sobre mi amante.

–André, ¿qué cojones pretendes al ponerte a discutir sobre un pobre diablo de cantante con una puta estúpida?

–¿Cómo que *ponerme* a discutir? ¡Qué cojones! Si fue ella la que empezó. ¡Esa «puta estúpida» ha tenido la desfachatez de hablarme a mí de esclavos!

–¡Cállate, bobo! No sé cómo has entrado al trapo. Te has dejado dominar por tu ego de sabelotodo en música... como si lo que estuviera en juego fuera tu imagen y no encontrar a Vivian. ¡Encontrar a Vivian! Se trata de eso, ¿recuerdas? Las opiniones musicales de Martine yo también me las pasaría por el forro, pero aún no puedo permitirme prescindir de Gigi. Sería como tirar el dinero a la basura, y nos quedaríamos sin saber nada. Es... es... maldita sea, ¡qué bicho te ha picado, André!

Nuestra segunda bronca en público. Así había empezado nuestra relación: a grito pelado. Nos lanzamos a degüello delante del restaurante, en medio de un corrillo de mirones, que no hablaban inglés, imagino, y que nos trataban como si fuéramos el espectáculo de la noche, teatro de calle.

El paseo hasta casa nos sirvió para relajarnos.

Cuando cerramos la puerta de casa a nuestras espaldas, volvía a estar agotada. Puse agua a hervir para una infusión y, a regañadientes, hice suficiente cantidad para los dos.

Le planté la taza delante a André de mala manera.

–Lo siento –musitó.

Emití un gruñido.

–Lo siento *mucho*.

Con eso me rindió y me senté en sus rodillas ahogando los sollozos. Me acunó durante un rato.

–Sólo pretendo hacer bien las cosas, André –dije–. Sólo pretendo ayudar a la tía Viv. Yo qué sé, a lo mejor me siento culpable porque en otros tiempos me habría gustado tener de madre a Viv en lugar de... en lugar de a mi adorable y servicial mami. Y es que mi padre trataba tan mal a Viv, ¿sabes? Sólo porque optó por no convertirse en un ama de casa de Queens... sólo porque no era tan digna y estirada como él. Porque quería ser libre. Yo la adoraba por haberme enseñado esa forma de ser. Y por eso estoy *en deuda* con ella, joder. Viv ha hecho muchas tonterías, pero ha vivido su vida, ¿entiendes? Tengo que encontrarla, André. No es sólo por el dinero... quiero saber que está bien.

–Te entiendo –dijo, tratando de calmarme y enjugándome las lágrimas.

–Qué mal me he portado contigo –dije–. Vaya bronca te he echado, me he puesto como una furia.

–Sí, eres una bruja horrible. Una auténtica *margère*, una regañona.

–*Mégère* –le corregí.

–Gracias, profesora. Vamos a la cama, vamos a la cama, vamos a la cama.

Me eché a reír.

—Así que ver llorar a una mujer te pone duro, ¿eh?

—Hasta un clip me pone duro, Nan. Quiero estar dentro de ti.

No hay tiempo para desvestirse. Apartamos la infusión caliente. Me siento a horcajadas sobre él en la sillita de madera. Me desabrocha los vaqueros. La blusa me tapa la cara. Los brazos, inmovilizados. No lo veo a él ni lo que hace. Sólo lo siento, abriéndose camino. La palpo a ciegas. Me desembarazo de la blusa, haciendo saltar los botones. Le tiro de las trenzas. Él está removiéndome por dentro. Me derrito de deseo. Estoy incandescente.

—Lo siento.

—Ya lo sé.

—Te quiero.

—Ya lo sé.

—No me dejes.

—No te dejaré. Prométeme que luego vas a tocar a Ravel —digo con una risita.

—Sí. Vale. Claro que sí —dice él.

Bien pegado a mi espalda, me enjabonó el pelo.

—Tengo una sorpresa para ti —me dijo, alzando la voz para hacerse oír por encima del golpeteo de las viejas tuberías de la ducha.

—¡Ja! A eso yo no lo llamo sorpresa, Geechee[2]. Me das una así cada media hora.

—No, no es eso —replicó—. Esta vez hay que salir.

—¿Cómo? ¿Adónde?

—Está en la calle.

---

[2] Los gullahs, o geechee, son descendientes de los esclavos africanos que los plantadores europeos llevaron a Estados Unidos en los siglos XVIII y XIX. Muchos siguen viviendo en las islas próximas a la costa de Carolina del Sur, Georgia y Florida, y se precian de haber preservado la cultura africana, por lo que se les considera la comunidad afroamericana más auténtica. *(N. de la T.)*

—¿En qué calle?
—No sé como se llama. Echamos a andar y ya la encontraremos.

Resultó ser una tienda angosta y polvorienta cerca de la Comédie Française. Estaba especializada en partituras y obras de arte relacionadas con la música. Las dos ancianitas que la regentaban saludaron a André con un gesto cordial, cómplice, incluso, y nos dejaron movernos a nuestro aire. Estaba refocilándome y lanzando exclamaciones mientras contemplaba una foto de Billy Strayhorn del brazo de Lena Horne, cuando André desapareció por un pasillo. Le oí hablar en susurros con una de las señoras. Al cabo de un minuto, los dos se me acercaron trayendo un boceto a plumilla enmarcado.

André lo giró para que lo viera bien.
—¡Monk! —chillé.
—*C'est beau, oui?* —dijo, sonriente, la dueña.
—Es precioso —ratifiqué.
—Y es tuyo —dijo André.
—¿Mío? —se lo arranqué de las manos—. ¿Todo mío?
—Sí, lo he comprado... en tres plazos.
Lo cubrí de besos.

Lo estábamos pasando en grande. Mientras envolvían el boceto, seguí curioseando. Recorrí todos los pasillos revolviendo los recuerdos y las fotos. Y en el estante de saldos varios fue donde descubrí el artículo más sorprendente.
—¡André! —grité.

Debieron de pensar que me había mordido una gorda rata de alcantarilla, porque todos acudieron en tropel hacia mí.
—¿Qué pasa? —preguntó André, alarmado.
—¡Mira esta fotografía! —señalé la cabeza reluciente de un negro engominado en pose meditabunda y pretendidamente irresistible—. Mira la leyenda y dime si estoy soñando.
—Cielo santo —dijo André. Nada más.
—Little Rube Haskins —leí en voz alta—. Aquí dice que es el ídolo de Martine, Rube Haskins, ¿no es así?
—Así es.

—Pero, bueno, ¿sabes quién *es* éste? —dije con ojos desorbitados—. Míralo bien.

—No me hace falta —contestó—. Es el amigo de tu tía Vivian. Ez... de Èze.

Pop! Pop! Pop! Pop!

Esa noche André y yo salimos por ahí pese a que no teníamos gran cosa que celebrar. Fuimos al Bricktop's.

El club estaba animadísimo.

Después de comprar la foto de aficionado de Rube Haskins en la tienda de música, nos habíamos precipitado a casa para compararla con la del álbum de Vivian. No había lugar a dudas; el compañero de la Riviera de mi tía y el oscuro genio del blues llamado Rube Haskins eran la misma persona.

Mientras, sentada en el sofá, pasaba la vista de una foto a otra sin salir de mi estupefacción, tuve una de esas ocurrencias que te hacen exclamar: «¡Mierda! ¿Pero cómo no lo he pensado antes?». Bricktop llevaba una intensa vida social. Cualquiera que se preciara de ser alguien en el París de la era del jazz acudía a su club. Tal vez el actual dueño del Bricktop's también fuese así. Cabía la posibilidad de que hubiera conocido a Haskins.

–Vamos al club –apremié a André. Podríamos conversar un rato con el dueño antes de echarnos a la calle para la actuación de esa noche.

André no puso reparos a esa propuesta. Ir a charlar con Morris Melon no parecía arriesgado. No era un ex proxeneta enrollado con una mujer con la cara cruzada por un navajazo, y seguramente no nos cobraría por horas por hablar con él.

Me embutí la ceñida falda larga marrón y un jersey a juego, tan corto que apenas alcanzaba a taparme los pezones.

Guardé la foto de Rube Haskins en el bolso y nos lanzamos a la noche cargados con nuestros respectivos instrumentos.

Como he dicho antes, en el club había mucha animación. En realidad, toda la ciudad era una fiesta. A fin de cuentas, estábamos en París en primavera. Los clientes del Bricktop's chasqueaban los dedos al ritmo de la música y flirteaban, comían y bebían sin moderación, y se arracimaban junto al pianista para pedirle sus temas favoritos.

El anciano propietario del club no desentonaba de la clientela. Morris Melon estaba borracho como una cuba.

Apostado junto a la puerta y reclinado en su elegante bastón, saludaba a los clientes a medida que iban entrando.

Como muchos hombres menudos, tenía una voz tonante.

–¡Hijos míos! –atronó su voz de bajo cuando cruzamos el umbral–. *Bienvenus!*

–Merci, monsieur Melon –respondí mientras nos dirigía por señas hacia la atestada barra–. ¿Nos permite invitarle a una copa?

–Cómo no –repuso, y nos siguió hacia el bar.

A André le costó un poco arrancar, pero enseguida se lanzó a tumba abierta con su interrogatorio sobre la música y cómo-se-vive-en-París-siendo-negro. Escuchamos con atención al anciano mientras pontificaba, rememoraba y testimoniaba, aunque sospecho que André conocía la respuesta a la mayoría de las preguntas que hacía.

Después de una más de sus fascinantes anécdotas sobre su vida en París –hay que reconocer, en justicia, que eran historias *fascinantes*–, desviamos la charla hacia nuestro verdadero objetivo.

–Señor Melon –le dije–, tenemos una amiga francesa que se muere por un cantante de blues que vivió en París. Me gustaría regalarle algún disco suyo, pero no los encuentro ni debajo de las piedras. ¿No sabrá usted algo de él? Se llamaba Rube Haskins.

Lanzó una carcajada estruendosa y sarcástica.

–Su nombre, «Rube», «paleto», le iba como anillo al dedo, *ma chère*. Era más de campo que las amapolas. Un negro provinciano, así solían llamarlos los niños de Chicago. Como dice la canción de esa mujer de Ozark: un combinado de campo y de rhythm and blues.

–¿Significa eso que lo conoció personalmente?

–Lo vi un par de veces. Ya sabéis lo que se dice: en París acabas por conocer a todo el mundo, sólo es cuestión de tiempo.

–¿Le oyó tocar alguna vez? –preguntó André.

Melon revolvió los ojos.

–Sí, hijo mío.

–¿No era bueno?

–Lo suyo no era cuestión de ser bueno o malo. Más bien era grotesco. La guitarra la tocaba bien, lo reconozco, pero esas canciones sobre su mula saltando por encima de la luna y ese tipo de cosas eran tan artificiosas y falsamente primitivas que resultaban ridículas. Y sé lo que me digo, hijo. Tienes ante ti a un negro provinciano que está orgulloso de serlo. Con franqueza, ese tipo me parecía vulgar. Claro que, por otra parte... en fin, no sé por qué estoy dándole tantas vueltas. Me figuro que, como cualquier hijo de vecino, Haskins sólo pretendía sacar partido de la situación. Y, haciéndole justicia, hay que decir que tuvo seguidores fieles en su momento de gloria. Pero no pasó de ser una nota a pie de página de una nota a pie de página en la historia del blues. Me figuro que nadie le dejó grabar sus temas.

–¿Cuándo lo conoció? –pregunté–. ¿Hace cuánto tiempo?

–Ah, no es una pregunta fácil de responder. ¿Quince... dieciocho... veinte años? El tiempo no significa gran cosa para las personas como yo, ¿sabes? He dejado de preocuparme por esos detalles –lanzó otra de sus magníficas carcajadas profundas y cogió el martini recién servido que le tendía el camarero.

–¿Puedo enseñarle una cosa? –pregunté.

–Desde luego. Enséñamelo todo, querida niña.

Saqué la fotografía satinada de mi bolso y la dejé en la barra, junto a la mano de Melon.

—¿Se parece a Haskins?

—¡Dios nos ampare! —dijo admirado—. Sí, es él. ¿No me digas que tu amiga lleva encima su foto?

—Pues sí —dije—, es que lo adora. Y la única música suya que ha podido escuchar son un par de cintas mal grabadas. Esta foto la encontró en uno de los puestos del Sena.

Estuvo un rato jugueteando con la foto.

—Los franceses son muy suyos, *n'est-ce pas?* —comentó filosóficamente—. Maravillosos... pero muy suyos. Además, ¿aceptaríamos que fueran de otra manera?

Después de reírle la gracia, André preguntó:

—¿Qué fue de Haskins, señor Melon? Nos han dicho que murió joven.

—Hum. Sí, creo que sí. Tuvo una muerte prematura y muy poco elegante, si mal no recuerdo. Vamos a ver... debió de ser una pelea de borrachos... no... un marido celoso... o una mujer despechada... algo así. No sé si le pegaron un tiro cuando iba en coche. Algo así de absurdo. No tuvo la decencia de ahogarse con unas manitas de cerdo.

Se me escapó una risotada.

—Ay, soy un malvado, niña —dijo el señor Melon—. Soy espantoso, ¿verdad?

Melon se deslizó suavemente hacia el suelo desde el taburete, con bastón y todo, cuando un grupito de cinco personas se acercó a toda marcha, saludándolo a voces.

Tenía que apresurarme a hacer otro par de preguntas antes de que se despidiera de nosotros.

—Por cierto —dije—, ¿no habrá conocido a alguna amiga de Rube? ¿Una en concreto que se llama Vivian?

—No querida, no lo creo —frunció la boca—. La única Vivian que recuerdo de aquella época era un hombre, no una mujer. Un británico, y cuanto menos se diga de él mejor.

—Una última pregunta —dije—. ¿Tiene idea de si Rube Haskins era su verdadero nombre? Me refiero a que si alguna vez oyó que lo llamaran por otro nombre.

Hizo un gesto negativo con la cabeza.

—Sólo lo oí llamar «cretino». Hijos míos, tenéis que probar el St. Emilion antes de iros. Es delicioso. Decidle a Edgar que os sirva un vaso.

—Es todo un personaje, ¿verdad? —dijo André cuando Melon ya no nos oía.

—Es la monda. Pero no me gustaría que la tomara conmigo. Tiene la lengua muy afilada.

—¿Y ahora qué?

—Exacto. ¿Y ahora qué? Ya sabemos positivamente que éste es Haskins. Pero ¿de qué nos sirve? ¿Cuándo se transformó de Ez en Rube, o viceversa? ¿Y cuál de los dos era cuando Vivian salió de excursión con él?

André empezó a decir algo que dejó a medias al ver que Melon reaparecía en la barra.

—¿Es verdad lo que me cuentan, hijos? —nos preguntó emocionado.

Lo miramos desconcertados.

—Eso es, pequeños, haceos los tímidos —dijo, riendo con jovialidad—. ¡No seáis tan modestos! Unos amigos me han dicho que sois la comidilla de la ciudad. Según dicen, *le tout Paris* está comentando los dúos que hacéis. Tenéis que honrarnos con una pequeña actuación.

Sus palmadas lentas y persistentes surtieron un efecto contagioso y, cuando quisimos darnos cuenta, todo el restaurante estaba animándonos con un aplauso.

Tras una breve consulta al pianista, empezamos con el antiguo arreglo de «Just You, Just Me» de Nat Cole. Una pieza estupenda de la que todos parecieron disfrutar. Luego el viejo músico se retiró a una mesa y nos dejó solos.

André tuvo el inesperado detalle de cederme el protagonismo en «Something to Live For». Fantástico. Estuve inspirada, y luego traté de devolverle el favor dejándole hacer un solo en «I Didn't Know About You». Algún día *tenéis* que escuchar ese tema al violín. Rematamos la actuación con «I Didn't Know What Time It Was».

Por lo visto, nos los llevamos de calle. Una ovación cerrada. Los camareros nos avasallaban ofreciéndonos copas por cortesía de la casa.

Cuando volvimos a nuestro sitio junto a la barra, Morris Melon se precipitó a brindar conmigo.

—Sois demasiado hermosos para este mundo, hijos —exclamó muy satisfecho—. Quiero que me prometáis que vendréis a deleitarnos al menos una vez por semana.

André empezó a tartajear.

—No aceptaré un no por respuesta —insistió Melon—. Os daremos bien de comer, os ofreceremos los mejores vinos, y podéis poner un cuenco para recoger propinas sobre el piano.

André y yo nos miramos y nos encogimos de hombros. Dimos el visto bueno al viejo con un gesto.

—Pequeños —dijo, sonriendo de oreja a oreja—, me habéis hecho muy feliz.

Si no sabéis que aspecto tiene el boulevard St. Germain a las cuatro de la mañana cuando lo contemplas desde la terraza del Deux Magots... no seré yo quien os estropee la sorpresa explicándolo.

El fabuloso Morris Melon nos había puesto por las nubes; el público de la calle había sido supergeneroso; habíamos hecho un alto en uno de mis locales predilectos de siempre para tomar una comida deliciosa; estaba viviendo en la rue Christine, la calle de mis sueños; el cielo bajo ribeteaba París de rosa; y un detalle importante: el maravilloso hombre del que estaba enamorada, estaba a su vez enamorado de mí, se diría que hasta rayar en la imbecilidad.

Una vez más, tenía el cielo casi al alcance de la mano. Pero no podía sentirme feliz. Ni relajada. No habíamos avanzado nada en la búsqueda de Vivian. Más bien al contrario, cada vez la teníamos más lejos.

—Mañana tienes que hacer algo por mí —dije, volviéndome hacia André.

Terminó el croissant con almendras.

—Quieres decir hoy, ¿verdad, corazón?

—Eso es. Recapitulemos: Vivian conocía al tal Rube Haskins.

—Correcto.

–Que entonces se llamaba de otra manera.
–Correcto.
–Y Haskins fue asesinado... quizá por culpa de una mujer, o quizá *por* una mujer.
–Correcto. Un momento. ¿No estarás pensando que tu tía era esa mujer... o la mujer despechada?
–Las manitas de cerdo, por así decirlo. De momento, no sé si tuvo algo que ver en todo el asunto. Sea como sea, seguro que apareció en los periódicos, ¿no crees? Siempre que asesinan a alguien se realiza una investigación. Y Haskins era una figura pública, aunque no fuera más que un famoso de quinta fila... el señor Nota a Pie de Página. Debemos descubrir si la policía llegó al meollo del asunto. Si detuvieron a alguien. Puede que algún pariente viniera a reclamar su cadáver. Tal vez Vivian figura en algún lado como una persona con la que la policía se puso en contacto para conseguir información.
–Tal vez –dijo André–. Entonces, ¿qué quieres que haga?
–El asesinato se produjo, veamos, hace casi veinticinco años. Mañana voy a acercarme a la biblioteca, y haré un par de llamadas a algunos periódicos. Voy a repasar los números atrasados. Los del *Fígaro* no, es demasiado conservador y decente. Mejor los tabloides. Estos asuntos tienen que estar archivados en microfilm en algún lado, como en Estados Unidos. Intentaré consultar uno de esos libros ingleses, ya sabes, una de esas enciclopedias de música, *Quién es quién en la Música Norteamericana* o algo por el estilo... para ver si aparece la biografía de Haskins, y quizá su verdadero nombre: Ezra Nosécuantos, o Fulanito de Tal Ezekiel, o lo que sea.
»Y necesito que tú trates de encontrar números atrasados de las revistas de música más extrañas que se te ocurran. Ve a ver a tus colegas que tocan en la calle y pregúntales si tienen alguna o saben dónde buscarlas. Puede que una de esas revistas le rindiera un homenaje a Haskins. O tal vez hay que consultar las de mayor tirada, qué demonios, como algún antiguo *Rolling Stone*. Ésas tienen que ser mas fáciles de

localizar. Todo vale, por muy disparatado que parezca. Merece la pena intentarlo.

Y lo intentamos. Ninguna de las fuentes rara o minoritarias rindió fruto. Pero, tal como me había figurado, la muerte de Little Rube Haskins se mencionaba en la sección de sucesos de la prensa convencional. La única información medianamente extensa resultó ser un artículo de un diario parisiense que había dejado de publicarse hacía siglos. Apenas facilitaba datos sobre la carrera y la historia de Haskins... ni siquiera su lugar de nacimiento. Sencillamente se decía que era un cantante de folk negro de Estados Unidos que vivía en un hotel modesto del undécimo *arrondissement*. En la última información registrada (se hizo un seguimiento de la noticia al día siguiente), el inspector Pascal Simard declaraba que la policía continuaba buscando al depravado asesino que había abandonado el cadáver desfigurado de monsieur Haskins en la calle donde residía.

Reconozco que disfruté moviendo los hilos y mandando a André de aquí para allá a hacer recados. Mientras él investigaba una posible pista, yo toqué sola en la calle; una experiencia maravillosa, aunque intimidante. El resto de la tarde lo perdí miserablemente buscando unos panties en los que cupieran mis kilométricas piernas. Al final encontré mi talla en una tiendecita de lencería donde todas las clientas eran monjas.

Controlar a mi otro agente, Gigi Lacroix, era un pelín más difícil. No había manera de quedar con él antes de que se pusiera el sol. Sus horarios eran de vampiro, como los de mi amiga Aubrey. Debía de tener la piel demasiado sensible para aguantar la luz solar. Por fin accedió a que nos citáramos a la hora del té, como dijo muy refinadamente.

Gigi me esperaba en un café formal cerca del Louvre, el típico lugar de reunión de mujeres. Era uno de esos infumables híbridos poco logrados de cultura francesa y británica, donde la camarera te mira por encima del hombro si no llevas zapatos de marca belga. Ningún problema para localizar a Gigi entre los grupitos de amigas recién salidas de la peluquería. Al menos, Dios sea loado, la encantadora Martine no lo acompañaba.

–Tengo algo que decirle –me comunicó mientras se pasaba la servilleta por el bigote, empolvado de azúcar *glass*–. Pero no vaya a hacerse demasiadas ilusiones.

–¿De qué se trata?

–Un amigo que trabaja en la Torre Eiffel dice que cree conocer a *tante* Vivian.

–¿En serio?

–Sí.

–¿A qué se refiere con eso de que trabaja en la Torre Eiffel? ¿Qué clase de trabajo hace?

–Es carterista. He quedado con él mañana. Lo más seguro es que esté marcándose un rollo con la esperanza de embolsarse unos francos sin dar palo al agua. En todo caso, ya le pasaré un informe.

–No será necesario. Voy a acompañarlo.

–Nada de eso, amiga mía.

–Le digo que sí, amigo mío.

–¡He dicho que no! –dijo con un gruñido, perdiendo de golpe su deplorable encanto–. Ese puñetero sitio no es para usted, donde he quedado. Estaría fuera de lugar. Además, su presencia cantaría mucho... y la mía también. Es lo último que necesito.

–¿Y qué hay de lo que necesito yo, tronco? ¿Qué mierda de sitio es ése donde se van a ver?

–Basta de preguntas. Déjeme hacer a mi manera lo que me ha encargado. Podría pasar cualquier cosa, *entendu*? No se olvide de que es una guiri, por muy fino que sea su acento francés. ¿Le gustaría acabar deportada? ¿Quién iba a rescatar entonces a su dulce tía?

–¿Por qué la llama mi «dulce tía»? ¿Qué pretende darme a entender, Gigi?

Su risa fue casi tan aviesa como la de Martine.

–No lo tengo muy claro. Pero dice mi amigo que su tía ha

vuelto a hacer de las suyas, si es que es la mujer en la que está pensando.

−¿Qué demonios quiere decir eso?

−¡Ya vale! No me toque los huevos, *'pute.* No soy yo quien lo ha dicho, sino mi amigo. Además, insisto en que todo pueden ser falsas promesas. La llamaré. Tome... pruebe esto −me tendió su plato, lleno de pastelillos de crema−. Una chica con un culo como el suyo no tiene que preocuparse de hacer dieta. ¿No es así, *petite*?

−Gigi −dije exasperada−, vaya a encerrarse otra vez en su puto ataúd.

Mountain Greenery
[Montes frondosos]

Ahí estaba, LE PALAIS DE JUSTICE, grabado en la piedra. Conque palacio de justicia, ¿eh? Sobre eso tendría yo mucho que opinar.

La Dirección General de la Policía, adonde me dirigía, está al lado del *palais de justice*. Y en ese edificio no se ve ninguna inscripción que haga alusión a la justicia.

Si no me equivoco, hay unos cuantos franceses célebres, reales y ficticios, relacionados con el Quai des Orfèvres. En ese muelle tenía su base de operaciones el inspector Maigret, de eso no me olvido. Animada por mi profesora de francés del instituto, en su día leí todas las novelas de George Simenon sobre ese excéntrico detective. Y, según me habían dicho, Yves Montand y Simone Signoret tuvieron alquilado un piso durante unos años en la *place* Dauphine, bastante cerca de la Dirección General de la Policía.

La conversación con Gigi me había lanzado a actuar; por más que me hubiera advertido que mantuviese la calma porque la información de su amigo quizá no fuera más que un rollo patatero, no podía quedarme a la espera cruzada de brazos. Cuantas más vueltas le daba, más nerviosa me ponía.

Y ahí estaba, contemplando desde la acera la imponente magnitud de aquel edificio gigantesco, junto al que deambulaban cuchicheando los *flics* uniformados con sus amenazadoras capas como un enjambre de avispas zumbonas. No, no pensaba tirar la toalla y pedir ayuda a la policía para encontrar a Vivian. No... no era eso exactamente.

Presenté mi pasaporte en regla y mi viejo carnet de la Universidad de Nueva York y le conté una película al agente de enlace: que era una estudiante de Derecho norteamericana y estaba haciendo un trabajo sobre los procedimientos policiales de Nueva York comparados con los parisienses. No pretendía robarles tiempo a los laboriosos detectives que estaban en activo, pero, si no fuera mucha molestia, le agradecería enormemente que me pusiera en contacto con el inspector Pascal Simard, de quien tenía noticia por un reportaje que había visto en un periódico antiguo. El inspector Simard ya debía de ser bastante mayor, ¿verdad?, y tal vez pudiera concederme unos minutos.

Unas cuantas trolas a la Nanette mezcladas con una dosis de verdad suficiente como para hacerlas creíbles. O al menos en eso confiaba. Mi renuencia a implicar a las autoridades en la búsqueda de Vivian derivaba en parte del miedo a que descubrieran que las actividades de mi tía no eran del todo legales; lo último que quería era poner a la policía sobre su pista. Por otra parte, si se embarcaban en algún tipo de investigación sobre *mí*, ¿qué mas me daba? Tenía pasaporte, un billete de avión y dinero de sobra para mis gastos. Estaba alojada en un buen barrio de la ciudad, en un piso que le habían prestado a un buen chico, y no habíamos hecho nada malo.

Los franceses, que inventaron la burocracia, ¿se enorgullecían o se avergonzaban de su invento? Ni idea. En todo caso, los trámites burocráticos parecían funcionar en Francia, a veces con notable eficiencia. Después de las llamadas telefónicas de rigor y de varias horas de espera en colas y antesalas, y del inevitable descanso para comer, me comunicaron que el inspector Simard, que vivía desde su jubilación en el valle del Loira, no tenía inconveniente en hablar conmigo. Me dieron su número de teléfono y su dirección, de una pequeña ciudad próxima a Amboise, a unos doscientos kilómetros al sudoeste de París.

Yo criticaba a André por no haber salido nunca del perímetro de la ciudad, diciéndole que era una actitud muy poco parisiense. A fin de cuentas, hay que tener experiencia de primera mano de las provincias antes de decidir que las detestas, ¿o no? Así que convino en acompañarme en el viaje al valle del Loira pese a que mi nuevo plan le inspirase recelos. No le merecía la menor confianza nada de lo que dijeran Gigi o Martine. Según él, no iba a recibir ningún «informe» sobre el soplo del carterista de la Torre Eiffel. Por otra parte, creo que en cualquier caso se habría empeñado en acompañarme a casa de Simard para impedirme hacer algo *demasiado estúpido*. Pese a que no llevábamos mucho tiempo juntos, ya había adoptado el papel de guardián de orates, y me agarraba por los faldones de la camisa para ponerme a salvo siempre que mi entusiasmo me impulsaba a despeñarme por el abismo.

Cogimos el tren a primera hora de la mañana en la Gare d'Austerlitz y en un par de horas nos plantamos en Amboise. Un autobús nos dejó a las afueras del pueblo del inspector Simard. Le llamamos por teléfono desde el *tabac* y, siguiendo al pie de la letra las instrucciones del bueno del inspector, recorrimos a pie una serie de caminos alfombrados de hierba que nos condujeron directamente a su casa.

Monsieur Simard, que nos esperaba en el jardín, se llevó la mano al panamá que cubría su abundante y sedosa cabellera blanca para saludarnos. Debía de pasar de los setenta, pero los años no lo habían encorvado en absoluto. Era de la misma altura que André y tenía un porte tan erguido como él.

Antes de invitarnos a entrar en la casa, se volvió hacia mí con expresión inquisitiva.

—Me pregunto si conoce usted los secretos de la jardinería, mademoiselle.

—¿Yo? Para mí son un misterio.

—Qué lástima —dijo—. Tengo la sensación de que estas flores necesitan más agua. Por otro lado, no quiero arriesgarme a ahogarlas, ¿sabe? El jardín siempre me ha encantado, pero era mi mujer quien lo cuidaba. Desde que murió, hace ya diez años, he ido exterminando poco a poco sus plantas más preciadas.

Me pareció ver una sonrisita traviesa en la comisura de la boca del inspector Simard cuando entrábamos en la casa, pero no estaba segura. Por lo tanto, me limité a expresarle mi condolencia con un gesto.

En menos de veinte minutos ya me había sincerado a fondo con el inspector. Simard estaría retirado, pero no había perdido la habilidad de extraer confesiones. Primero le hablé de nuestro interés en el caso de Rube Haskins, lo que inevitablemente me condujo a la historia de tía Vivian y a mi renuencia a mezclar a las autoridades en esos asuntos. Sólo omití mencionar la participación de Gigi Lacroix. Ir a pecho descubierto estaba muy bien, pero no habría sido justo implicar a alguien que había tenido sus más y sus menos con la justicia.

Después de escuchar atentamente mi relato, le llegó el turno de hacer una confesión:

—El caso de Haskins es uno de los que he seguido rumiando hasta el día de hoy.

—Porque no llegó a atrapar al asesino, supongo —dijo André.

—Sí, claro —respondió Simard—. Por eso, desde luego. Pero también porque todos los elementos del caso fueron, cómo diría yo, raros, a falta de otro adjetivo mejor. La prensa y, por desgracia, muchos de mis compañeros hicieron caso omiso de la trágica muerte de ese pobre hombre o la consideraron un asunto sórdido sin importancia... como si, por actuar en los bares, monsieur Haskins hubiera llevado una vida violenta y disoluta, y no pudiera esperar más que una muerte atroz.

—¿Hasta qué punto fue atroz su muerte? —pregunté—. Recuerdo que un artículo mencionaba su cuerpo «desfigurado».

—Créame si le digo que se ensañaron con él. En ese asesinato se transparentaba el odio, o, si queremos decirlo así, la pasión. Pero me temo que ese conocido suyo, el anciano caballero que les contó que monsieur Haskins murió en una pelea de borrachos, no está bien enterado del asunto.

»A monsieur Haskins, que probablemente *estaba* un poco borracho en el momento de su muerte, lo acorralaron de noche en un estrecho callejón sin salida y lo atropellaron. Pero el asesino no se contentó con eso. Él o ella pasó una y otra vez con el coche por encima del cuerpo. Daba asco verlo.

El inspector frunció la nariz y luego encendió un cigarrillo.

¡Dios mío!, me encontré pensando, ¡pero qué francés eres! El viejo inspector me había cautivado. Y, por lo visto, a André también. No le quitaba la vista de encima. Mis pensamientos divagaron un instante hacia si André llegaría a convertirse en un anciano caballero de ese tipo, algo así como De Gaulle combinado con Jakcson, ¡el del Milt Jackson Quartet, quiero decir!

–No –prosiguió el inspector Simard–, no había pruebas de que monsieur Haskins hubiera seducido a la mujer de otro hombre o de que estuviese implicado en asuntos ni por asomo escandalosos. No le descubrí ningún enemigo. Todo indicaba que había sido un hombre honrado que se tomaba la música en serio y se alegraba de poder vivir de ella. Como se alegraba de haberse hecho un hueco en París, donde tenía un grupo de admiradores reducido pero fiel. Además de ser un misterio, su muerte fue una lástima. Los artistas siempre me han gustado y me han inspirado respeto, ¿saben?

–No me diga –dijo André con incredulidad– que era usted uno de los admiradores de Little Rube.

–No –respondió el inspector–, nunca le había oído nombrar hasta que apareció su caso sobre mi mesa. No sé gran cosa del blues americano. Pero del jazz disfruté mucho en Nueva York, cuando me destinaron allí para formar parte de una comisión antiterrorista de las Naciones Unidas. Y en especial me encantaba escuchar a monsieur Getz en el Café À Go Go. ¿Existe todavía, por cierto?

André y yo cruzamos una mirada de asombro. La acumulación de coincidencias empezaba a ser surrealista: justo la noche anterior, habíamos descubierto una reserva secreta de viejos vinilos en el piso y habíamos estado escuchando una grabación en vivo de Getz realizada en el À Go Go en 1964.

Se lo conté al anciano caballero y añadí:

–A veces se diría que el mundo es demasiado pequeño para vivir cómodo en él, inspector Simard. No sé si me entiende.

–Cómo no –dijo con un encogimiento de hombros a la francesa.

–Permítame que le consulte una cosa –dije–. Como le he explicado, estamos convencidos de que Haskins es el hombre que aparece en la fotografía que encontramos en el álbum de mi tía. Aunque ella lo llamara Ez.

–Ajá.

–Muy bien. Segundo punto: Haskins nació en Estados Unidos. Eso que se cuenta de que se fugó de una cuerda de presos del Sur tal vez sea verdad o tal vez sea una leyenda. Pero, aparte de lo que Rube fuera o hiciera en Estados Unidos, supongamos que la persona que lo mató estaba relacionada con su pasado americano. Podría ser alguien que siguió su rastro hasta aquí. O podría ser alguien que, sin saber que estaba en París, vino de viaje de negocios o de vacaciones y descubrió que su antiguo enemigo estaba instalado en París y actuaba en un club. Pues bien, esa persona guarda un vivo recuerdo de la mala pasada que le jugó Rube. Así que alquila un coche, o lo roba, o contrata a alguien, o lo que sea... y mata a Rube Haskins; luego se lava las manos y se dedica a hacer turismo. La policía no descubre el coche con el que se cometió el asesinato y el culpable se va de rositas.

Simard me dedicó una sonrisa.

–Muy cierto, mademoiselle. Eso es pensar con lógica.

André me estrechó discretamente la mano.

–En su momento, a mí se me ocurrieron ideas muy parecidas –continuó Simard–. Pero no pude hacer gran cosa para verificarlas. Monsieur Haskins viajaba con pasaporte canadiense, y las autoridades de Canadá nos comunicaron que no tenía antecedentes penales ni parientes vivos. Tal vez consiguió el pasaporte con documentación falsa, ¿quién sabe? Las averiguaciones que hice en Estados Unidos no desvelaron ninguna información sobre un prófugo que se llamara Rube o Rubin Haskins. Claro que, en aquel entonces, no conocía ese posible alias: Ez. Y, como es natural, resultaba impracticable comprobar quiénes eran y dónde estaban todos los turistas norteamericanos que había en París en el momento de la muerte de monsieur Haskins. Como ven, fue muy frustrante. Todo eran pistas que no conducían a ningún lado.

–¿No recordará si, en el curso de la investigación, apareció el nombre de una mujer? ¿Una tal Vivian Lo-que-sea?

–No, creo que no.

–Se diría que nuestro humilde y honrado poeta campesino tapó muy bien sus huellas –comenté con acritud.

–En efecto –dijo Simard–. Y probablemente eso ha contribuido a impedir que encontremos a su asesino. Un misterio y una verdadera pena, *n'est-ce pas?*

–Hum. Poniéndonos un poco banales –dije–, supongo que en la panadería de aquí al lado no trabajará una mujer negra atractiva y entrada en años que pueda ser mi tía Vivian, ¿verdad?

Conseguí arrancarle una carcajada. Luego se empeñó en que nos quedáramos a comer con él.

El inspector me pidió que cogiera unas flores para adornar la mesa. Mientras lo hacía, estuve observando a André, que jugaba con la vieja pareja de perros de monsieur Simard. Pues sí, podía imaginarme a mi miope amor, que tantas ganas tenía de volverse francés, con sus rastas encanecidas, convertido en un profesor jubilado que paseaba despacio por el pueblo, sumido en sus pensamientos, devolviendo el saludo a los niños. Hojeando, junto a la chimenea encendida, los libros y grabaciones que le habían hecho célebre. Tocando un rato el violín para relajarse antes de retirarse a la cama. *Pero ¿dónde encajo yo? ¿Dónde estoy yo en esa absurda fantasía? ¿Llevo diez años bajo tierra, como madame Simard? ¿He muerto en un trágico accidente de coche? ¿O sencillamente lo abandoné, o fui abandonada, en París, todavía en plena juventud?

La comida resultó ser una ensalada casi incomestible a base de verduras de su huerto. Pero, por lo menos, el pan estaba buenísimo.

Parisian Thoroughfare
[Vía pública parisiense]

—¡Ay, hijos, cómo tengo hoy la cabeza!
Morris Melon estaba bebiendo un combinado espumoso directamente del vaso de acero inoxidable de la coctelera.
Al viejo expatriado erudito y guasón se le veía en baja forma y parecía que el cuello no le sujetara bien la cabeza.
Ocupamos nuestros puestos en torno a la larga mesa donde cenaba el personal del Bricktop's antes de abrir al público.
Unas patatas memorables y un filete tan tierno que se partía sin necesidad de cuchillo. Las coles tenían ese indefinible toque parisiense, con la medida justa de especias. ¡Y qué decir de los panecillos calientes! André repetía dos y tres veces de cada fuente que iban pasando, y, como decía mi abuela cuando alguien demostraba buen saque, parecía un inclusero.
Me levanté a rellenar la bolsa de hielo que Morris Melon se había pegado a la nuca.
—Gracias, joven amiga —dijo quejumbroso, y sepultó un instante la cara en el frío—. Ay... ay, madre mía, así está mejor.
Y así prosiguió la cena, los camareros intercambiando cotilleos y quejas, las jarras de limonada, té y vino circulando de mano en mano. Era la viva imagen idealizada de la camaradería entre los empleados de un restaurante. Esa familia que escoges *tú* en lugar de que te venga dada. Son el tipo de cosas que te calan hondo cuando eres una adolescente solitaria y cabeza hueca. Hay que trabajar de camarera y pasar

siete u ocho horas seguidas de pie –por no hablar de los clientes peñazos– para desengañarte de las ideas románticas sobre el trabajo en un restaurante. Yo aguanté unos seis minutos aquel verano en que pretendía ganar algún dinero para el siguiente semestre escolar.

El bueno de Melon, que aún no había aterrizado del todo en la tierra de los vivos, se retiró a su despacho a echar una siestecita. Se alejó arrastrando los pies y tomando sorbos de un vaso de zumo de tomate.

Gigi Lacroix fue muy oportuno. André y yo acabábamos de terminar nuestro pase y de replegarnos hacia la barra cuando me dijeron que tenía una llamada telefónica. Al final, el carterista no estaba marcándose un rollo, me dijo Gigi, que me llamaba desde Les Halles. Me citó en la plaza que hay frente al Centro Pompidou. Martine también iba a venir a tomar una copa con nosotros.

Madre mía, los cuatro reunidos de nuevo. André iba a dar saltos de alegría.

Le quité el vaso de vino de la mano a mi hombre y empecé a tirar de él.

–Vámonos.

Todo el trayecto de metro se lo pasó refunfuñando y quejándose. Además de que el fatuo de Gigi iba desplumarnos otra vez, señaló, nos íbamos a meter de cabeza en el carnaval nocturno de Les Halles: una horrible turbamulta de turistas, yonquis, rateros, prófugos y los pavorosos mimos que vagabundean por la calle con sus camisas baratas de marinero francés y el fantasmagórico maquillaje blanco.

–Es lo que más me apetece después de un día agotador –me espetó.

Revolví los ojos y aguanté el chaparrón. En esos momentos me sentía capaz de aguantar prácticamente cualquier cosa. ¡Estábamos sobre la pista de Viv!

Nos llevó diez o quince minutos localizar a Gigi. La señorita Martine nos sirvió de señal indicadora. La vi acercarse a nosotros a un paso mucho más ágil de lo que parecía verosímil dada la altura de sus tacones. A punto estuve de confundirla con un mimo, tan blanca tenía la cara. Los labios rojos los llevaba abiertos en un gesto de estupor y alelamiento. Y hasta la manchita húmeda que se veía al borde de su ojo parecía petrificada, como si le hubieran pintado una lágrima de cómico.

Traté de detenerla levantando la mano, pero pasó de largo a mi lado, acelerando aún mas el paso. Intentamos seguirla, llamándola a voces, pero se convirtió en una bala humana y la noche se la tragó.

Volvimos hacia nuestro punto de partida y vimos que Gigi nos esperaba sentado a menos de diez metros de distancia.

Una infortunada chiquilla, con un helado de cucurucho en la mano, se disponía a sentarse en el mismo banco donde descansaba Gigi cuando debió de ver lo mismo que vimos nosotros en ese momento. Reclinado sobre el reposabrazos, Gigi sangraba profusamente por una herida enorme que tenía en el costado. Y esos ojos suyos embusteros y seductores estaban muertos y bien muertos.

Vi centellear en el suelo un cuchillo ancho y largo.

Le clavé las uñas a André con tal fuerza que casi se dobló en dos. Pero continuamos caminando en silencio.

¡Plop!, hizo el helado. Dios mío, qué alaridos, qué fuerza pulmonar tenía la chiquilla.

What Is There to Say?
[¿Qué se puede decir?]

–¡No, no y no! ¡Nada de eso! ¡No te vas! ¡Sólo lo dices porque te ha entrado el pánico!

A mí me parecía que el pánico le había entrado a él. Sus gritos se oían en Marte y temblaba de pies a cabeza.

–De acuerdo, lo digo porque tengo miedo –dije–. ¿No crees que ha llegado el momento de sentir miedo? Acaban de cargarse a Gigi.

André tragó saliva con dificultad y se precipitó a la nevera. Abrió una botella de agua de Vittel y no paró de beber hasta que no quedó ni gota.

–Te voy a decir lo que tendrías que hacer, hermano –dije provocativamente–. Tendrías que recoger tus bártulos y venirte conmigo.

–No hay ni que pensar en eso, Nanette –su voz adquirió de pronto ese tono grave que se escucha en la ópera cuando el barítono le deja claro a alguien que va en serio–. Se acabó la discusión.

–Vale, se acabó la discusión, que ten den morcilla.

–Bueno, bueno, Nanette, vamos a tratar de planteárnoslo con un poco más de calma. Hagamos un té o lo que sea y sentémonos a charlar.

–¡No quiero un puto té! –chillé.

Entonces, estrelló el hervidor contra la pared y vociferó:

–¡Pues no tomaremos ningún puto té!

Con eso me puso en mi sitio.

Empezó a hablar muy despacio, concentrado, con un extraño deje amenazador:

–A lo que voy, Nan: ha pasado algo horrible, sí. Gigi ha muerto, sí. Pero ni le has matado tú, ni has provocado su muerte. No eres culpable de nada, ¿entendido? Así que no hay motivos para que salgas corriendo. No hay motivos para que te alejes de mí.

–Voy a alejarme de París, André, no voy a alejarme de ti.

–¿Podrías explicarme cómo piensas hacer lo uno sin hacer lo otro?

–Bueno, me he expresado mal, pero me has entendido. Verás, me embarqué en este proyecto demencial de encontrar a mi tía totalmente engañada. Le mentí a mi madre y me mentí a mí misma, ahora me doy cuenta. París no tenía secretos para mí, eso creía yo, y no me iba a costar encontrar a mi tía. El reencuentro sería fantástico, le entregaría el dinero, comería como una reina, lo festejaríamos a lo grande y volvería a casa feliz y contenta. La pequeña Nan, tan lista ella, capaz de vivir de su supuesto ingenio, se la pega a los mayores una vez más y se queda más ancha que larga. Estaba convencida de que la iba a rescatar, ¿entiendes? Ni por un instante pensé que me vería envuelta en un asunto así... tan siniestro... tan espantoso.

»Esto me ha desbordado, cielo, ¿me comprendes? El destino de Nanette la derriba de una patada, como siempre. Por muy buenas que sean mis intenciones cuando emprendo cualquier cosa, siempre hay alguien que termina machacado por una caja fuerte que le cae en la cabeza. Soy la mayor experta del mundo en convertir en mierda el azúcar. Casi se podría decir que es un talento esta maldición mía.

André pretendía meter baza, pero no le dejé.

–Que no, André, es la pura verdad. Ese hombrecito untuoso seguiría vivo si no hubiera trabajado para mí.

–Eso no hay manera de saberlo –objetó André, esforzándose en hablar con serenidad–. Gigi era un granuja de poca monta. Quizá no tan de poca monta. No tenía otro medio de vida. Y mira con qué tipo de gente se relacionaba: chulos, putas, ladrones. Puede que su muerte no tenga nada que ver contigo... con nosotros. Si hasta es posible que ni siquiera tenga nada que ver con él. Fíjate en qué sitio estaba. Quizá quisieron atracarle y se resistió. Esas cosas pasan en todas las ciudades del mundo, es cuestión de suerte.

–Por favor, André. ¿De verdad te lo crees?

–No sé qué creer, Nan. Estoy tan perdido como tú. Lo único que tengo claro es que no le hemos matado nosotros. Quizá lo mató esa bruja amiga suya.

–Martine no lo ha matado –aseguré–. Tú mismo la viste. Menudo aspecto tenía. Ella se lo encontró así, igual que nosotros. Y se largó corriendo. Igual que nosotros.

–De acuerdo, no ha sido ella. Se dio a la fuga. Y, ahora, ¿qué opinas que va a hacer? ¿Acusarte a ti? Ni hablar. Lo único que pretendía era poner tierra por medio lo antes posible. Las personas como Martine y Gigi no van a buscar a la policía. Es la policía quien los busca a ellos.

–¡Exactamente! Ahí es adonde yo quería ir a parar. ¿Qué va a pasar cuando la encuentren? Les contará lo de Viv. Las personas como Martine no se dejan conducir a la cárcel sin rechistar. Negocian con los polis. Delatan a sus compinches. Nos implicará a Vivian, a ti y a mí.

–¡No sabes ni lo que dices! No somos sus puñeteros compinches, Nan. ¿Y por qué se la iban a llevar a la cárcel si no lo ha matado?

–¿Por qué, por qué, por qué? ¡Deja de preguntarme por qué! –chillé desesperada–. ¿Por qué te pones tan obtuso? ¿Por qué te niegas a ver la conexión entre Vivian y este marrón absurdo?

–Porque si hubiera una conexión, no sería absurda, tendría su razón de ser. Y porque no creo en el destino, ni en el vudú, ni en las maldiciones. Tú no eres ninguna maldición, Nan.

Lancé una carcajada lúgubre.

–¿Qué soy entonces? ¿Una bendición?

–Sí, algo así. ¿Cómo llamarías tú si no a lo que ha pasado entre nosotros?

—Mira, André, nunca voy a lograr resolver esto si no mantenemos unas cosas separadas de otras.
—¿Separadas?
—Sí. Vivian. Desaparecida. En un atolladero. Y, de alguna manera que desconocemos, implicada en el asesinato de Gigi. Rube Haskins, alias Ez, o como cojones se llamara. Martine. *Toda* esa mierda por una parte. Y, por otra parte, tú... y yo.
—No pienso mantener nada separado, Nan. Ya estoy harto de separaciones. La última persona que se «separó» de mí me dejó un cochina póliza de seguro y los discos de Al Green de mi padre.
—Por favor... *por favor*... —me desprendí de su abrazo—. ¡Déjame pensar!
—¿Pensar en qué? ¿En más razones para irte? —volvió a agarrarme y yo volví a liberarme de un tirón.
Entonces se apartó de mí y se quitó las gafas. Lo observé en silencio mientras las limpiaba lenta y compulsivamente, y al final las dejaba sobre la mesa.
—¿Y si yo pudiera encontrarla? —dijo al cabo de un rato.
—¿A quién?
—A Vivian. ¿Te quedarías aquí si la encontrase?
—¿Cómo piensas conseguirlo, André? Hemos tocado todos los resortes y como si nada.
—Evidentemente, no eran los correctos. Lo hemos hecho mal.
—No quiero recurrir a la policía, André. Ni se te ocurra hacerlo, ¿me oyes?
—¿Y si encuentro a Martine? ¿Y si consigo que cante... que me diga quién era el carterista ese que vio a Vivian?
Traté de responderle, pero no me dejó hablar.
—¿Y si logro averiguar quién mató a Rube Haskins? ¿Qué pasaría si resolviera estas incógnitas? ¿O al menos una de ellas? ¿Bastaría para que te quedaras? Dime que sí y ahora mismo me marcho a descubrir lo que sea. ¿Me das un día más de plazo para intentarlo?
—Santo cielo, André, son las dos de la mañana.

–¿Me lo das?
–Pero...
–¿Me... lo... das?
–¡Sí, sí! –exclamé–. De acuerdo.
–De acuerdo –repitió como un eco–. Haz el favor de no apartarte otra vez de mí. Eso no me lo hagas, Nan –me estrechó entre sus brazos, casi triturándome.
–No te vayas, André. ¿Y si falla algo? –le dije–. Si te pasara cualquier cosa, ¿qué iba a hacer yo, cariño? Me volvería loca.
–No va a pasar nada. Tú quédate aquí. Espérame. Nada de reservar billetes de avión, nada de hacer el equipaje. Espérame tranquila, ¿vale?
Asentí con un gesto.
–¿André?
–¿Qué?
–No te olvides de las gafas.

–¡Ya no me cabe la menor duda de que estás loca, mi niña!
–Sí, sí, ya lo sé –dije fastidiada–. Por favor, Aubrey, no me des la charla. Estoy que no puedo más, ¿sabes? Espera un segundo. Voy a por un cigarrillo.
Cogí de la encimera de la cocina el paquete de Gauloises con filtro y las cerillas y volví corriendo al teléfono.
No me había preocupado de calcular qué hora era en Nueva York. Tal vez la había despertado a media noche. Pero no tenía la voz somnolienta y, además, me importaba un pimiento. Sencillamente, necesitaba hablar con ella.
Igual que el inspector Simard, Aubrey apenas hizo preguntas, se limitó a escucharme mientras recapitulaba mis actividades y esfuerzos para encontrar a Vivian:
Hospedarme en un hotel económico. Inspeccionar todos los hoteles y pensiones de mala muerte de la ciudad. Comprobar que no estaba en ningún hospital ni en el depósito de cadáveres. El duelo musical que tuve con André en el metro y cómo luego nos hicimos amigos. La sensación de que había entrado alguien en mi habitación. Cómo encontré en la

maleta de Vivian la foto de Ez y el billete de cien dólares. El anuncio que puse en el *Trib*. La mudanza a casa de André y nuestras actuaciones en la calle y en el Bricktop's. Cómo contraté de ayudante a Gigi Lacroix. La charla que nos dio Martine sobre el genio de Rube Haskins. La información que recibió Gigi sobre Viv. El misterio de Rube Haskins/Ez. La visita a Simard. El descubrimiento del cadáver de Gigi. Y, por último, la salida de André en plena noche.

–Nanette, si no te conociera desde hace tantos años, no creería ni una palabra de lo que me has contado –dijo Aubrey–. Pero, conociéndote, sé que no es más que la verdad. De hecho, probablemente aún te queda por contar lo peor. Maldita sea. Esa puñetera vida tuya no es normal, mi niña.

Su voz había adquirido ese tono de irritación maternal que yo anhelaba oír aunque me fastidiase. Con mi madre siempre había sido tan reservada, que apenas le había dado oportunidades de leerme la cartilla. A Aubrey, por el contrario, no le faltaban municiones. Le había contado con pelos y señales todos los líos en los que me había metido y, además, casi siempre había salido de ellos con su ayuda. Así como yo era una manirrota incorregible, ella manejaba el dinero con sagacidad. Así como yo iba a por todas con los hombres y caía una y otra vez en los mismos embrollos, ella era serena y prudente con sus emociones, manejaba a los hombres como le venía en gana y siempre les tomaba la delantera a la hora de cortar. Aubrey Davis, mi amiga de la infancia, podía ser un hueso duro de roer, pero a mí nunca me fallaba cuando necesitaba unos zapatos de tacón de mujer fatal, un oído comprensivo para mis penas de amores o, sencillamente, unas palabras de perdón. En resumen, Aubrey se había ganado a pulso el papel maternal –con irritación incluida– que a veces adoptaba conmigo.

–¿Y quién es ese negro jamaicano con el que estás viviendo, Nan? –preguntó con una voz intimidante.

–*No* es jamaicano. Sólo he dicho que lleva rastas. Es una especie de mulato de Detroit, sus padres han muerto y... ay, Dios, ojalá pudiera contarte... contarte todo sobre él –sí, sí, sabía que ese tipo de elogios extasiados son como para poner enfermo a cualquiera. Pero estaba lanzada–. Ya te he dicho que lo conocí en el metro. Me salvó de unos cerdos racistas. Es joven, sensible, razonable y no quiero hacerle daño, Aubrey, no puedo... Dios mío... supongo que le quiero –dije con desesperación.

Aubrey guardó silencio un instante; estaría haciendo acopio de paciencia, me figuro, intentando calmarse para no tratarme como la imbécil que sabía que era.

–¿Cómo es físicamente? –preguntó con docilidad.

–Está como para morirse, amiga.

Pasamos un buen rato riéndonos.

–Lo digo en serio, cariño. Tiene las muñecas y los dedos finos, y los brazos largos como un *batutsi*.

–¿Cómo un qué?

–Olvídalo. Me gustaría que vieras su boca, Aubrey. Con las comisuras hacia abajo y, cuando la estira, se levantan como en un gesto de sorpresa. ¿Me entiendes? Y ya sabes que a algunos hombres el culo les arranca justo debajo de la cintura. Pues él es así. Y tiene las piernas tan largas que casi son tan bonitas como las tuyas. Y unos pies de pato que cuando los veo de noche junto a los míos me dan ganas de llorar... son tan grandotes y tan torpones, y tiene los tobillos tan finos que parece imposible que le sujeten.

–¡Nan!

–Vale, vale.

–Tienes que recoger los bártulos ahora mismo y largarte de ahí, mi niña. Puede caerte una buena por el asesinato de ese chulo. La policía no querrá saber nada de la búsqueda de tu tía Viv. Ni del culo de André. ¿Qué vas a hacer si la toman con él? Si la pasma de ahí es como la de aquí, se conformarán con echarle el guante al primer negro que se les ponga por delante. Y él y sus maravillosas piernas acabarán entre rejas.

Eso no se me había ocurrido a mí.

Desde que encontramos asesinado a Gigi, no había parado de dar vueltas a todo tipo de posibilidades horribles en la batidora de mi paranoia. Tenía la sensación de que en lugar de ayudar a Vivian, estaba estrechando el cerco a su alrededor. No habría sabido explicar el motivo. Sencillamente, sabía que mi tía cada vez corría un peligro mayor.

Pero en los riesgos que corría André no había pensado... él, que desde el principio no quiso tener nada que ver con Gigi. Señor, otra vez la misma historia: estaba abocando a la muerte y a la destrucción a mis seres queridos.

–Tienes razón, Aubrey –dije–. Sé que tienes razón. Yo misma le dije a André que había llegado el momento de que me fuera. Que lo mejor era desistir de encontrar a Vivian. Que tenía que irme a casa. Pero no quiso escucharme. Me rogó que le concediera un día más.

–¿Un día más para qué? ¿Es que va a descubrir en un día lo que no habéis descubierto en dos semanas?

–No, claro que no. Pero es que se puso pesadísimo. Para él, lo importante no es lo de Vivian, ¿entiendes? Quiere que me quede a vivir aquí. Quiere...

–¿Qué? ¿Qué es lo que quiere?

–Yo qué sé. Casarse, supongo. O algo así.

–No lo dirás en serio.

–Es joven, Aubrey.

–¿Cómo de joven?

–Cumplió los veintisiete el mes pasado.

–Entonces sólo le llevas un año y medio, tontaina.

Moví la cabeza lentamente en un gesto de asentimiento, como si Aubrey estuviera conmigo en la habitación.

–¿Nan?

–¿Qué?

–No vas a casarte con ese hombre. Ya sé que es estupendo, mi niña. Pero no vas a casarte con un afroamericano purista de Detroit que toca el violín. Es una locura, Nan. Me da igual que sea guapísimo, me da igual que sea un cerebro, me da igual lo que te hace de noche. Está en las nubes como tú, Nanette. Nunca tendrá dinero, no sabe ocuparse de los asuntos prácticos ni sabe ocuparse de ti. Y tú no pintas nada viviendo en París.

Me quedé en silencio.
-¡Nan!
-Sí, estoy aquí.
-Empieza a hacer el equipaje.
Me eché a llorar con disimulo.
-No estoy para bromas, Nanette. Empieza hacer el equipaje.
-De acuerdo. ¿Me harás el favor de llamar a mi madre como te he pedido?
-Sí, mi niña. La voy a llamar en cuanto colguemos. Y tú me vas a llamar en cuanto llegues al aeropuerto.

What'll I Do?
[¿Qué voy a hacer?]

Me dormí vestida, hasta con los zapatos puestos.

No era la primera vez, ni mucho menos, que me inspiraba lástima a mí misma. Tantas veces había vagado por el valle de la indecisión, la autocompasión y el remordimiento que prefería ni recordarlas. Pero como me sentía en ese momento, no me había sentido nunca.

Tuve un sueño pesado y agitado, plagado de pesadillas de todo tipo: desde que me perdía en el patio del colegio a los cuatro años, hasta que me enfrentaba a mi padre con un suspenso en la cartilla de notas o que mi madre tenía un cáncer estragador.

Se lo había advertido a André el día que me fui del hotel: ya en otra ocasión me había quedado pegada a un hombre nada más verlo. *Y la historia tuvo un final espantoso.* Quedas sobre aviso, joven. Nan, la viuda negra, acabará contigo.

Oí la llave girando en la cerradura.

A la mierda todo lo demás. André había vuelto.

No había logrado encontrar a Martine, y mucho menos a tía Vivian. Volvía con las manos vacías, como era de prever. Siempre hay que dejar la puerta abierta a la esperanza, pero su fracaso estaba cantado. Aun así, había regresado sano y salvo. Con un aspecto lamentable.

Lloramos abrazados. Ni siquiera sé si sabíamos por qué llorábamos. Cada cual por sus propios motivos, quizá. En todo caso, la orgía de lágrimas nos agotó a la vez que nos reanimaba. Cuando terminó, André se llevó la mano al bolsillo trasero, sacó un objeto de plástico del tamaño de la palma de la mano y lo arrojó sobre la mesa.

–¿Qué es eso? –pregunté.

–El fruto de todos mis esfuerzos –respondió–. Anoche pedí a un par de músicos, conocidos míos de la calle, que me echaran una mano para buscar a Martine. Fue una búsqueda infructuosa. Pero uno de ellos encontró esto en el piso de su novia. Es una grabación pirata de Rube Haskins. La compró en un puesto callejero.

Esta vez, en lugar de llorar tuvimos un ataque de risa histérica. Una risa que amenazaba con convertirse en llanto.

–Ponla, André. Vamos a ver de qué pasta estaba hecho ese sureño.

Movió la cabeza en un gesto negativo.

–Dentro de un rato –dijo con voz de viejo–. Ahora vamos a la cama. Desvístete.

Bueno, menuda mañana.

Hicimos el amor hasta el mediodía; nos adormecíamos, nos despabilábamos, lo repetíamos, volvíamos a caer rendidos, nos despertábamos mutuamente cuando veíamos que el otro tenía una pesadilla, nos besábamos, nos hacíamos promesas y volvíamos a repetirlo. Al final, André se quedó dormido dentro de mí.

Nos despertó el alboroto callejero de última hora de la tarde. En la vida había sentido tanta hambre. Empecé a preparar el café y André se vistió con lo primero que encontró para bajar al mercado.

Me bañé, puse la mesa, cambié las sábanas, limpié el piso, regué las plantas, hice una cafetera, me la bebí, preparé otra.

André ya llevaba fuera noventa minutos.

Cuando pasó una hora más, lo tuve claro.

Poor Butterfly
[Pobre mariposa]

Me he olvidado de peinarme, pensé absurdamente.

Seguro que tengo la misma pinta que Martine, pensé. Los ojos como molinetes. Respirando por la boca y, a buen seguro, babeando.

¡Socorro!, gritaba por dentro. *¡Que alguien me ayude!*

Pero, como es natural, no emití ningún sonido mientras corría por el barrio. Esperaba que se produjera un milagro. Ojalá lo viera sentado en el café. Ojalá estuviera haciendo cola para comprar medio kilo de jamón en el mercado al aire libre. Ojalá se hubiese topado con sus colegas o estuviera matando el rato con el empleado de la bodega. O, por lo menos, ojalá lo hubiese atropellado una motocicleta y estuviera a salvo en el hospital, con una pierna rota de nada.

Bajé al metro a todo correr y volví a salir a la calle igual de ofuscada.

Regresé a casa, todavía a la carrera, todavía confiando, todavía con un alarido en mis entrañas.

André no estaba en casa.

El corazón se me salía por la boca.

–¡Qué voy a hacer, cielo! ¡Voy a enloquecer! –chillé a pleno pulmón, hablando al aire. Luego continué en voz alta–: No... eso no lo vuelvas a hacer. Quédate junto al teléfono. No, usa el teléfono. ¡Haz una llamada! ¡Llama a alguien!

El inspector Simard no contestó. ¿Dónde demonios estaba? ¿En su estúpido jardín? ¿Bebiendo un vino a la puerta de casa mientras se ponía el sol? ¿Tomando café con el cartero en el bar del pueblo? Imaginé a sus dos perros marrones y perezosos mirando lánguidamente el teléfono que sonaba.

Empecé a revolver el armario de las bebidas y volqué un par de esos puñeteros vasitos de licor que no sirven para nada. Sólo encontré una botella de ron jamaicano. Me serví un vaso gigantesco y lo bebí de un trago. No había ni un cigarrillo en casa. Me mesé los cabellos hasta que me dolió el cuero cabelludo.

Al segundo intento, Simard cogió el teléfono.

–¡Ah! *Salut,* mademoiselle. ¿Qué tal le va? Anoche mismo estaba pensando en usted y su amigo...

Le corté y, en un francés chapurreado que habría puesto los pelos de punta a los académicos de la Lengua, le conté a trompicones toda la historia.

Gigi Lacroix ya no necesitaba que fuera discreta, ni que lo protegiera de las autoridades. Le expliqué a Simard lo que había omitido en mi relato anterior.

–No fue muy prudente seguir ese curso de acción –comentó suavemente cuando concluí mi exposición.

Un eufemismo como la copa de un pino.

–Habría hecho bien –añadió luego– en revelarme esto cuando vino a visitarme.

Lancé un suspiro que no era de exasperación sino de pena, y que enseguida se convirtió en un sollozo. Me deshice en lágrimas mientras él esperaba en silencio al otro extremo del hilo, carraspeando de tanto en tanto.

–Bueno, bueno –dijo al fin–. Présteme atención, jovencita. La *sûreté* no emprenderá una búsqueda de monsieur André hasta dentro de cuarenta y ocho horas, por lo menos. Pero usted tiene que poner en marcha los engranajes mucho antes.

»Voy a darle el nombre de un teniente del Quai des Orfèvres. Se pondrá en contacto con usted más tarde, una vez que yo lo haya localizado y haya hablado con él. Pero, antes de nada, vaya a su embajada. Ahora mismo. Lo que le cuente al cónsul sobre las circunstancias en que ha desapa-

recido su amigo da igual. Las autoridades están acostumbradas a tratar con jóvenes con problemas. Dígales... En fin, lo que usted quiera, ya que tiene inventiva de sobra. O dígales la verdad, si le parece oportuno. Lo importante es que vaya a verlos ahora mismo. *Entendu?*
—Sí, señor —dije, sorbiéndome los mocos.
—Ahora mismo —repitió con severidad—. Pero, antes, quiero darle otro consejo.
—¿Sí?
—Ya sé que es usted una joven valerosa e independiente, y que está tratando de hacer bien las cosas. Pero quiero preguntarle algo, mademoiselle: ¿Hasta qué punto es buena actriz? ¿Hasta qué punto es capaz de actuar como una mujer francesa?
—¿Qué quiere decir?
—Nada más que esto: no se presente en la embajada y, sobre todo, no se presente ante la policía de París como una histérica, exigiendo que actúen. Llegue allí como una joven respetable, que ha podido dar un paso en falso, pero... que es una *mujer*, no sé si me entiende. *Une femme française.* Llore con discreción, cruce las piernas modosamente, muéstreles lo disgustada que está por la desaparición del hombre al que ama. Ante todo, no se ponga a pegar gritos al ver la calma con que se lo toman.

Comprendido. Había que hacer el numerito de la dama desconsolada. Manejar a los hombres para conseguir lo que quería. ¿Saldría airosa del trance? Una vez más, deseé ser como Aubrey.

Por otra parte, si lo que sentía en aquel momento no era auténtico desconsuelo, que alguien me explicara en qué consistía el desconsuelo.

Empecé a desabrocharme los vaqueros y a inspeccionar frenéticamente la habitación con la mirada mientras Simard me aleccionaba. ¿Dónde habría dejado los panties?

—¿Inspector? —dije.
—*Oui?*
—¿Cree usted que sigue vivo? ¿Cree que es posible?

—Por supuesto que sí —dijo sin el menor titubeo—. Usted lo ama, *n'est-ce pas?*

No se me escapó en absoluto la falta de lógica de su enigmática respuesta. Y, sin embargo, para mí tenía sentido y a eso tenía que agarrarme. Colgué el teléfono.

Pero no tuve la oportunidad de representar en público el papel de *femme* para el que estaba preparándome.

Mientras forcejeaba con la cremallera de atrás de mi vestido, sonó el teléfono. Me abalancé sobre él dando gracias a Dios/Alá/Shiva/la Verdad Pasajera. Prefería probar mi suerte con el contacto de Simard del departamento de policía antes que enfrentarme a lo desconocido... cuando lo desconocido era un diplomático norteamericano blanco o, quién sabe, incluso una mujer.

—*Oui, allo!* —exclamé por el teléfono.

—Nan.

Era André.

Me desplomé en el suelo sin soltar el teléfono.

—¿Nan?

—Soy yo, amorcito —dije, con un tono tan grave y apagado como el suyo. Traté de acallar las palpitaciones de mi corazón—. Algo va mal, ¿verdad?

—Sí.

—¿Estás bien, André? No te han herido, quiero decir.

—Estoy bien.

—Y hay alguien contigo, ¿verdad? Escuchándote. Dictándote lo que tienes que decir.

—Sí.

—¿Qué quieren?

—Le he dicho... —se interrumpió y respiró hondo.

—¡André!

—No pasa nada. Escúchame. ¿Recuerdas que una vez me hablaste de un centro de acogida de mujeres violadas donde trabajaba una amiga tuya? ¿Te acuerdas de dónde estaba?

—Sí, lo recuerdo.

—No pronuncies el nombre de la calle —me advirtió—. Ven ahora mismo.

–De acuerdo. Ya voy.
–¡Espera un momento! Ven sola, ¿de acuerdo?
–Sí.
–Y trae esos papeles que trajiste de casa... de Nueva York, quiero decir. Sabes a qué papeles me refiero, ¿verdad? Tráelos todos. Si los traes todos y vienes sola, no nos pasará nada a ninguno de los dos. Te lo prometo. No es una encerrona, ¿entiendes?

–Muy bien –dije, comprendiendo a la perfección a qué se refería al decir «papeles»: al dinero que me habían encargado que entregase a mi tía. Los cheques de viaje. Alguien se había enterado de mi misión y estaba reteniendo a André hasta que le diese el dinero.

Sólo podía ser el contacto del hampa de Gigi y Martine, pensé. Había incurrido en la estupidez de pedir ayuda a un malhechor de tres al cuarto, y ahora cosechaba los frutos de mi error.

Claro que no había incurrido en la estupidez de contarles a Gigi ni a Martine que buscaba a Vivian para hacerle entrega de su herencia. De los diez mil dólares no le había dicho ni una palabra a ellos ni a nadie, salvo al inspector Simard. Y, sin embargo, se las habían arreglado para enterarse.

Me apostaba lo que fuera a que a Gigi lo habían matado por ese dinero.

–¿Está todo claro? –preguntó André.

La respuesta era, a todas luces, no. Pero no dije eso.

–Sí –dije–, salgo hacia allá –y le pregunté otra vez si se encontraba bien, pero me di cuenta de que estaba hablando sola.

La calle que no me permitió nombrar era un callejón sin salida del distrito 11, junto a la rue Chanzy. Por un lado, están los caminos trillados. Por otro lado, lo que se sale de los caminos trillados. Y luego tenemos la Cité Prost... la calle a la que André me había pedido que acudiera.

Efectivamente, en otros tiempos conocía a una persona que trabajaba de voluntaria en un centro de apoyo a las mujeres que había allí. Le había señalado el viejo edificio a André una noche en que llevamos en taxi a otro músico hasta esa zona.

–Un barrio un tanto perdido para instalar un centro así, ¿no te parece? –comentó.

–Pues si ahora lo ves siniestro, ni te figuras cómo era entonces –repliqué–. Cuando entrabas en el centro a pedir ayuda, no parabas de mirar por encima del hombro para comprobar que no iban a violarte.

Aún quedaba una franja de luz cuando salí del metro. El horizonte rosado me iluminó el camino mientras recorría la avenida al trote, buscando el lugar donde arrancaba la Cité Prost.

La encontré, doblé la esquina y me paré en seco. La mugrienta calle se alzó ante mí como un ser vivo, como una temible presencia alada, con las cuencas de los ojos vacías.

La mitad de los edificios de la calle habían sido demolidos. Y la mitad de los supervivientes estaban siendo sometidos a una operación de ennoblecimiento. Las aceras eran un revoltijo de ladrillos apilados, carretillas y maquinaria de construcción.

El centro de mujeres estaba apuntalado de arriba abajo. Me detuve delante y quedé a la espera, observando el edificio. ¿Se suponía que tenía que *entrar* ahí? Se me paralizó el corazón. ¿Cómo iba a entrar ahí? Miré a mi alrededor pensando que vería salir de las sombras al típico ejemplar apestoso que me guiaría hacia una entrada trasera. ¿Quién más habría dentro? ¿Unos yonquis ocupas que estarían chutándose a la luz de las velas? ¿Lady Martine, con sus zapatos de tacón de aguja, la jefa de una banda de marginales asesinos?

¿Dónde tenían a André? Me estremecí al imaginarlo amordazado y encerrado en un armario, o tirado en un rincón, atado de pies y manos. Y aunque trataba de forzarme a no pensar en lo peor... que lo habían matado en cuanto colgó, en cuanto supieron que iba a llevarles el dinero... iba perdiendo la batalla.

¿Y si me estuvieran vigilando en ese mismo momento? ¿O matándolo?

La presión de tantas posibilidades espeluznantes era insoportable. Eché a correr hacia el edificio. Pero me detuvo una palabra pronunciada suavemente que me llegó por los aires.

–Nan.

Giré sobre los talones.

Ni un alma en la calle. Presa de la angustia, escudriñé los alrededores, las ventanas cegadas, incluso las ramas de un plátano otoñal. ¿De dónde había salido la voz?

Justo en frente del centro estaba aparcado un viejo Volkswagen gris en el que ni me había fijado hasta entonces. Eché a andar lentamente en esa dirección. Y luego me puse a llorar en silencio, derramando lágrimas de gratitud y alegría: el que ocupaba el asiento del conductor era André. Levantó un poco la mano y me hizo señas para que me acercara.

Corrí hacia su ventanilla y traté de abrir la puerta.

–Tomátelo con calma, Nan –dijo con voz monocorde–. Da la vuelta al coche y entra por el otro lado.

Tardé un momento en obedecerle, necesitaba comprobar si tenía la cara magullada o la ropa manchada de sangre. Le vi hacer una mueca a la vez que me repetía con brusquedad:

–Da la vuelta al coche y entra, Nan.

Me precipité a seguir sus instrucciones.

–¡No te vuelvas todavía! –vociferó cuando cerré la puerta tras de mí.

Enseguida se hizo evidente el motivo de sus muecas. Le estaban encañonando por la nuca.

–Estoy *bien*, Nan, no te pongas nerviosa –dijo con desesperación, viéndome observar el negro cañón del arma.

Oí una «risita ahogada» procedente del asiento trasero. Sí, eso había sido, una risita apenas disimulada... y el hijoputa era mariquita perdido. Estaba feliz y contento, y quizá un poco pirado.

–Sí, está *bien* –dijo quien se había reído–. ¿Y, sabes qué, pequeña? Quiero darte las gracias por haberme prestado a tu guapo mozo unas horas. Lo hemos pasado de miedo.

Desatendiendo la recomendación de André, me volví y eché una buena mirada. Una buena mirada inquisitiva.

El silencio descendió sobre el coche y se instaló en él durante una eternidad. Al fin lo rompí yo:

–Vivian, te detesto.

You've Changed
[Has cambiado]

–O, mejor dicho, detesto lo que te traes entre manos, Vivian. Sea lo que sea.
–Juro por Dios –replicó– que a veces ni yo misma sé lo que me traigo entre manos.
–Voy a hacerte una sugerencia –dije ásperamente–. Retira esa pistola de la cabeza de André. ¿Es que te has vuelto loca?
La retiró y André soltó una exhalación interminable. Le cogí la mano y la retuve entre las mías antes de volverme hacia mi dulce tía, como la había llamado Gigi en una ocasión.
–No sé si me has oído, Viv. Acabo de preguntarte si te has vuelto loca.
Vivian suspiró hondo y, luego, como si acabara de meterse un chute de vitamina B 12, preguntó con jovialidad:
–¿Dónde está el dinero, Nanny Lou? Este precioso hombrecito me ha dicho que al fin estoy de suerte. Cuando supe que andabas buscándome por París, me figuré que me habías traído algo de pasta. Pero nunca soñé que fueras a convertirme en una asquerosa capitalista.
Entonces me tocó a mí reírme jovialmente.
–Un momento, tía Viv. Ante todo, permíteme aclarar las cosas. Te parece normal matar a mi madre a sustos con tus estúpidos telegramas, hacerme venir hasta aquí y después *esconderte* de mí, aterrorizarme, secuestrar a mi puñetero novio y amenazarme con un arma. Y, después de todo eso,

¿me llamas Nanny Lou, como cuando me mecías en tu regazo? Corrígeme si me equivoco, tía Viv.

–Soy de lo que no hay, ¿eh? –dijo, recobrando el sentido.

Luego se inclinó un poco hacia delante. Tenía el pelo entreverado de gris, el brillo de sus ojos había desaparecido y la piel cobriza de su fino rostro ya no estaba tersa. Pero seguía siendo mi indómita tía. Los huesos grandes, la frente despejada, una nariz ancha y majestuosa con un bultito muy sexy entre las fosas nasales. Era el mismo manojo de nervios y aristas de siempre. La hermana descarriada de mi padre. Mi canguro y mi modelo de rol, mi adorada tía Vivian. Malhechora y secuestradora armada.

No lo podía soportar.

–¿Por qué lo has hecho? ¿Por qué?

–Qué más da eso ahora. Sé que te he tenido con el corazón en un puño y te pido disculpas por haberme visto obligada a actuar así. Pero quiero ese dinero, Nan. Dámelo y luego coge un avión con tu chico y marchaos a casa, ¿me comprendes? Salid de París. Esto no es asunto vuestro y, si os quedáis, vais a salir escaldados.

–¿Que no es asunto nuestro? –terció por fin André–. Señora, observe que no le voy a preguntar si está loca. No necesito preguntárselo. Lleva varias horas amenazándome con saltarme la tapa de los sesos y ahora nos dice tan fresca que no es un asunto de nuestra incumbencia.

Vivian, que había girado la cabeza de lado, no respondió.

–¡Maldita sea! –estalló André–. Debería saltarle encima y reducirla...

Conseguí taparle la boca con la mano.

–¿Quién era Ez? –pregunté a quemarropa.

Vivian giró bruscamente la cabeza.

–¿Cómo? –dijo con voz destemplada.

–Venga, Viv, me has oído perfectamente. ¿Quién era Ez? Ese hombre que también se hacía llamar Little Rube Haskins. ¿Y qué sabes de su muerte?

–No pienso hablar contigo de eso. Ya te he dicho que este asunto ni te va ni te viene.

–André acaba de decírtelo muy claro, Vivian. Si esto no fuera cosa nuestra, no estaríamos aquí sentados dejándonos encañonar. Corta el rollo, tía. Quiero saber de qué va esto. ¡Quiero que me lo expliques! ¿Fuiste amante de Haskins cuando viviste todos esos años en París? ¿Le tendiste una trampa para que lo mataran? –me asustaba hacerle la siguiente pregunta, pero se la hice–: ¿Te lo cargaste tú misma?

Clavó los dedos con fuerza en la vieja tapicería.

–¿Por qué saliste disparada del hotel y nos lo pusiste tan difícil para encontrarte? ¿Quién te informó de que estaba buscándote? –la presioné.

Ninguna respuesta, como es natural. Sólo una mueca atroz y los nudillos cada vez más blancos.

Entonces empecé a lanzar preguntas a gritos:

–¿Conocías al chulo llamado Gigi al que asesinaron el otro día? No te quedes pasmada como una momia, Vivian. ¡Me debes una explicación! Y no me vengas otra vez con esa chorrada de que vamos a salir escaldados, ¿me oyes? Ya estamos escaldados.

–¡Para, Nan, ya vale! –dijo al mismo volumen que yo y en un tono igual de desagradable–. Deja de hacerte la dura, conmigo no te va a servir de nada. Me la tienen jurada tipos mucho más peligrosos que tú. Y ellos no sólo pretenden que me disculpe por no haberles escrito unas líneas de vez en cuando. Quieren matarme.

–¿Quién? –se adelantó a gritar André–. ¿Quién quiere matarla? ¿Por qué no nos cuenta de una vez de qué va todo esto, mujer de los demonios?

Vivian se encogió al oírlo. Luego esbozó una especie de sonrisa.

–De acuerdo, escuchadme bien. Os voy a contar todo lo que necesitáis saber, y confío en que baste para convenceros de que os larguéis de París –volvió hacia mí sus ojos castaños, que se habían puesto tristes–. En mi vida ha habido montones de hombres, Nan. Muchos amigos, coca y alcohol a raudales... pero, sobre todo, hombres a montones. Hubo uno en particular –dijo lentamente– ...tu padre solía llamarlo el bombón sorpresa. Se lo decía a la cara. A él le parecía gracioso. Ya sabes que mi hermano nunca tuvo un gran sentido del humor.

»No sé bien por qué, no me pidas que te lo explique, pero a ese hombre en particular lo amé. Se llamaba Jerry Brainard. No sé si lo recuerdas.

–Más o menos –dije–. Encontramos una foto suya en tu álbum.

Asintió con un gesto.

–Eres joven, cielo. Los dos sois jóvenes. No os ha dado tiempo a descubrir cómo se pasa cuando la persona que crees que te ama, se vuelve contra ti y te da una puñalada. No me refiero a que te abandone. Ni me refiero a que te maltrate, te la pegue con otras, ni nada de eso. Estoy hablando de que alguien por quien darías la vida te meta en una situación... una situación en la que vas a morir. Podría haberte salvado. Podría haberte avisado. Pero no le convenía. No podéis figuraros cómo te afecta una traición así.

¿Conque no me lo figuro, eh?, quería decirle. *Pues sí, deberías habernos mandado unas líneas de vez en cuando, mi querida tía. Así me habrías dado la oportunidad de contarte un par de cosas.*

Tuve que reprimirme para no interrumpirla, para no explicarle que, aunque fuera joven, había vivido una experiencia casi idéntica con un hombre al que creía amar. Pero no era el momento. Tenía que dejarle airear sus propios fantasmas.

–Vivir aquí con él fue fabuloso –dijo Vivian, recobrando la animación por un instante–. ¡En París, ni más ni menos! ¡Hablando francés! Con un hombre que estaba loco por mí, y además tenía enamorados a patadas, y toda la diversión del mundo, y la fiesta nunca terminaba. Igual que en Nueva York. Igual que en cualquier sitio donde estuviera en aquel entonces. Tu tía Viv se codeaba con la flor y nata, y era capaz de tumbar a la mayoría de los hombres bebiendo. Era temible, cielo, no quería perderme nada.

–Lo sé –dije.

–Pues bien, llegó el día en que la fiesta *terminó*. Jerry me la jugó bien jugada. Se llevó todo lo que tenía. Pero, bueno, así son las rupturas, ¿no? Te hacen la puñeta, sí, y es duro, pero puedes salir a flote.

»No, eso no fue lo peor ni mucho menos. Verás, había otro tipo que estaba loco por mí. Me amaba, Nan. Ese negro me amaba de una forma que en aquel entonces yo no alcanzaba a entender. Y se la jugué. Si el menor escrúpulo.

–Te refieres a Ez. Rube Haskins.

–Sí. Ez. Un hombrecito muy tierno que estaba en las nubes y nunca se enteraba de nada. Le hice creer que podía llegar a sentir por él lo que él sentía por mí. Y le saqué el dinero descaradamente; todo lo que había ganado cantando y todo el adelanto que le dio una discográfica alemana con la que iba a grabar un disco. Lo hice por ayudar a Jerry. No me siento orgullosa de eso, Nan. Hay montones de cosas que no debería haber hecho; cosas que te harían avergonzarte de mí, cosas que me habrían llevado de cabeza a la cárcel si me hubiesen pillado... pero lo de Little Rube fue lo peor.

»En fin, uno recoge lo que cosecha, como se suele decir. Yo se la pegué a Ez y Jerry me la pegó a mí. Se largó con más de ciento cincuenta mil dólares. Y... antes de que Jerry se marchara de París... antes de dejarme tirada... Ez...

–Murió atropellado por un coche. Lo asesinaron –concluí por ella la frase.

–Sí, exactamente.

–¿Lo mató Jerry?

Vivian asintió con la cabeza.

–Sí. Ese pedazo de mierda lo mató. No se conformó con que yo le estafase y le destrozara el corazón. Tuvo que matarlo, al pobre diablo. La policía investigó el caso, pero no encontró a ningún sospechoso. Supuse que sólo era cuestión de tiempo que les llegara noticia de la mujer con la que estaba Ez. Me descubrirían y vendrían a por mí. ¿Qué podía hacer? Aquel desenlace espantoso me tenía destrozada. Pero yo no lo había matado y no iba a dejar que me cargaran con el muerto. Estaba avergonzada, sí, pero quería vivir. Salí corriendo de París y ya no paré de correr.

—Hasta que llegó a la siguiente fiesta —dijo despiadadamente André.

Vivian lo fulminó con la mirada, pero no lo desmintió.

—Todo esto pasó hace mucho tiempo —prosiguió—. Hice lo que pude por sobrevivir. Me metí en asuntos turbios. A mi familia no le habría hecho ninguna gracia enterarse. Pero no he olvidado a Ez, ni a Jerry, ni se lo he perdonado.

»Ahora estoy en las últimas, Nan. Ya me ves. ¿Todavía parezco la gran rompedora? ¿La mujer que se lleva de calle a los hombres más guapos? ¿Crees que estoy como para que me propongan usar mi foto en un anuncio de panties o de cigarrillos? Lo dudo mucho.

»Pero ahora tengo la oportunidad de saldar las cuentas con Jerry. De hacerle pagar lo que nos hizo... a Ez y a mí. Hace un par de meses supe por unos conocidos que Jerry había vuelto a instalarse en París. Decidí venir a verlo, verlo una vez más... y matarlo. Tengo que matarlo, ¿entiendes?, porque aún me la tiene jurada. Después de tanto tiempo, sigue queriendo darme el pasaporte.

Ay, el bueno de mi padre, que en una ocasión expresó el temor de que Vivian «tal vez aceptara dinero de los hombres». No pude por menos de reírme de ese recuerdo.

Mi fabulosa tía Vivian. La próxima vez no me vendría mal ser más cuidadosa al elegir un modelo de rol.

Hice un gesto negativo con la cabeza.

—No es posible, Viv —dije con tristeza—. Hay cuentas que *no* se pueden saldar.

—Mírame bien —dijo, y luego se corrigió—: No, no me mires. Es lo que estoy tratando de haceros comprender. Largaos para no tener que verme. Para que no os salpique nada de esto.

Para eso ya era demasiado tarde.

—¿A qué te referías al decir que quiere darte el pasaporte? ¿Es que Brainard se ha enterado de que estás en París y vas a por él?

—Lo sabe de sobra. Una noche estuvo a punto de matarme un cabronazo a sueldo de Jerry. Si no hubiera llevado un aerosol de defensa personal, no habría vivido para contároslo. Luego volví a ver al mismo tipo rondando junto al hotel, esperando para rematar la faena. Sí, Jerry sabe de sobra que estoy aquí.

»Después, hace un par de semanas, mató a una mujer. O la mataron por encargo suyo. Una chica blanca que trabajaba para él. Y, ahora, el muy hijoputa quiere cargarme a mí el marrón. Me ha ido tendiendo una encerrona poco a poco. Colocó junto al cadáver de la chica cosas que sacó de la maleta que dejé en el hotel... un pañuelo viejo. Y, por lo visto, el candelabro con el que le machacaron el cráneo también era mío. Si es que era un candelabro, no recuerdo ni la mitad de las cosas que tenía guardadas en esa maleta. Está jugando conmigo, ese viejo Satanás. Pero no va a ganarme la partida. Me desharé de él... luego, pasará lo que tenga que pasar. Si consigo escaparme, estupendo. Si no lo consigo, estupendo también. Pero no quiero que estéis vosotros por medio. No quiero que paguéis de rebote las consecuencias.

Rememoré la mañana en que, sentados en la cama del hotel entre los platos del desayuno, André y yo nos habíamos enterado por el periódico del asesinato de Mary Polk. Recordé el escalofrío que me subió por la espalda.

Gracias a Dios, pensé entonces, gracias a Dios que no es Viv la que yace muerta en ese callejón. Aparté el periódico y no volví a mencionar el tema. Pero ese asesinato me había preocupado desde el principio. Tal vez por algo tan insustancial como un trozo de tela tirado en el suelo, que resultó ser en efecto un pañuelo de Girl Scout de Viv. Yo qué sé. Algo me hizo temer que esa muerte no fuera un suceso casual, una tragedia que no rozaba nuestras vidas. Presentí que estaba relacionada con nosotras... con Vivian y conmigo. Y que, algún día, nos pasaría la factura.

—Espera un momento —le dijo André, con una voz que trataba de ser congraciadora. Supe lo que iba a preguntarle, porque yo tenía la misma pregunta en la punta de la lengua–: ¿Qué tipo de trabajo hacía para él esa mujer?

Vivian lanzó un bufido.

–¿Qué tipo de trabajo? Cuando trabajas para Jerry, Jerry te exprime. Ha estado pringado en estafas y negocios de todas clases. Durante algún tiempo se dedicó mover dinero falsificado. Vendió secretos informáticos. Drogas. No sé qué estaría haciendo para él esa chica. Las posibilidades son infinitas.

–Entregaste tu corazón a un hombre extraordinario, Viv –comenté–. ¿Le ayudaste alguna vez en sus negocios cuando estabas con él? ¿También a ti te exprimió?

La rigidez de su postura y su manera de rumiar lo que iba a decir me dio la respuesta.

Por lo visto, mi modelo de rol había hecho un poco de todo. ¿Y si aquel carterista, quien fuera, el que le había hecho a Gigi el críptico comentario de que Viv volvía a hacer de las suyas, no mentía? Ya no me interesaba saber qué quería dar a entender con ese comentario. Qué más daba.

Lo que sí importaba era poner a mi tía a buen recaudo antes de que eliminara a su diabólico ex marido y pasara en la cárcel el resto de sus días. Mierda, después de tantas maniobras para mantener a raya a las autoridades, comprendía que lo mejor que podía hacer Viv era decir a la policía que Brainard había matado a Rube Haskins. Si volvían a abrir el caso y llegaban a probarlo, habría cumplido su venganza. En Estados Unidos el delito de asesinato nunca prescribe; teóricamente, te pueden enchironar cien años después de que lo hayas cometido. Tal vez en Francia también funcionaba así la ley.

El inspector Simard estaría dispuesto a echarnos una mano, no me cabía duda. Nos asesoraría. Dejar pelado a Haskins fue una mala pasada por parte de Viv, pero no había modo de presentar cargos contra ella por eso. Y, lo que era más importante, no había estado implicada en su asesinato.

Ahora bien, ¿cómo iba a conseguir que mi tía viera las cosas de esa manera?

En mi vida también había habido muchos hombres.

Me faltaba año y medio para cumplir los treinta. Había vivido en Europa. Había visto algo de mundo. Tenía en mi haber unos cuantos disparates, y Dios sabe que me paso por el forro la verdad cuando me conviene. Pero creo que aún tengo bastante buen corazón; en todo caso, no soy aficionada a quedarme con lo ajeno. A veces tengo una lengua bastante mordaz, según me dicen. Pero no soy una cínica. Cuando se me pone delante algo hermoso, nuevo, intrigante y atractivo, mi reacción instintiva es decir que sí en lugar que no.

Siempre había pensado que en buena parte debía a Viv esa manera de ser. Que mi empeño en *no perderme nada*, como decía ella, era influencia suya. Ya no estaba tan segura. Sólo sabía que Viv era de mi familia, que estaba con la mierda hasta el cuello y que tenía que ayudarla.

–Quiero mi dinero, Nan.

–Bueno. Cuéntanos dónde está Jerry ahora –dije para ganar tiempo–. ¿Sabes dónde se le puede encontrar?

–Sí... lo he descubierto. Pero no pienso contártelo. ¿Hasta qué punto me crees estúpida, Nanette?

–¿Quieres una respuesta sincera, Viv? No sé hasta qué punto eres estúpida, pero vas a perdonarme que te diga que estás a punto de embarcarte en uno de los putos errores más estúpidos de los que he tenido noticia. Has pasado una mala racha muy larga, según parece. Pero ahora tienes en la mano diez de los grandes que te han llovido del cielo y lo único que se te ocurre es que te encierren por un asesinato. ¿Por qué no delatas a Jerry y luego te alojas en el Ritz y empiezas a vivir la vida? Eso sí que sería una buena venganza.

–Tengo mis razones para hacerlo de esta manera –dijo con frialdad–. Dame el dinero.

–De acuerdo. Pero antes quiero preguntarte otra cosa.

–¿Qué?

–¿Por qué demonios escribiste a mamá pidiéndole ayuda? ¿Diciéndole que estabas en las últimas, en un callejón sin salida?

—Eso ya me lo ha preguntado André —dijo impaciente—. Y ya le he contestado. *Estaba* si blanca. Pero no le pedí nada a tu madre. No entiendo de qué puñetas estáis hablándome.

—Entonces debió de ser Jerry quien envió la postal y el telegrama —razonó André.

—Exacto —remaché—. Lleva tiempo preparándote una encerrona, Vivian. Ha estado jugando contigo. Es evidente que te tenía localizada mucho antes de que tú lo localizaras a él. ¿Por qué no reconoces que no vas a ganarle esta partida? Va a...

—Se acabó la charla, Nan. Dame los cheques.

—Vivian, no vas a encañonarnos otra vez. No vas a sacar las cosas de quicio... Ay. Por lo visto, sí.

—¿Crees que me divierte, hija? ¡Me estás obligando a hacerlo! —chilló—. ¡Haz el favor de darme el dinero y deja de hacer preguntas!

Hice lo que me decía.

—Bueno, André, deja las llaves puestas —le ordenó— y baja del coche.

André empezó a mascullar fuera de sí: que adónde me iba a llevar. Qué por qué no podía acompañarnos. Si iba a cometer un asesinato, era asunto suyo, pero cómo podía hacerme eso a mí, alguien de su propia sangre. ¿Por qué me llevaba a rastras?

—Haz-el-puto-favor-de-salir. Nan no va a venir conmigo a ninguna parte. Ella también va a bajar del coche.

Me apeé cansinamente y me quedé en la acera junto a André, mientras Vivian le apuntaba al corazón.

—Ahora os vais a meter los dos en el portal de ese edificio viejo. Y no os mováis hasta que me aleje.

—La última pregunta, Viv... —empecé a suplicarle.

—Ya te he dicho, Nanette, que se acabó la charla. ¡En marcha!

Nos dirigimos al abandonado centro de mujeres.

—Olvídalo —me dijo André cuando estiré el cuello para ver la matrícula—. Ha tapado la trasera. Y la de delante no he tenido oportunidad de verla.

Oímos cómo se encendía el motor.

—Vas derecha a la guillotina, Viv —le grité de pronto—. ¿Para qué te hace falta el dinero?

Asomó la cabeza por la ventanilla del lado del copiloto.

—Me hace falta para comprar una pistola —me respondió a gritos.

André y yo nos miramos con perplejidad.

—¡Toma, nena! —su voz volvía a sonar joven y despreocupada—. Entreteneos con vuestros juguetes.

Un segundo más tarde oímos el ruido sordo de un objeto metálico chocando contra el asfalto. El coche se alejó como un bólido.

Eché a correr y recogí el arma, que pesaba lo suyo pero no era más que una imitación... un juguete, como había dicho ella.

El Volkswagen se había perdido de vista, como era de esperar. Recordé que uno de los novios de Viv tenía un descapotable rojo muy mono y que a veces se lo dejaba. Viv conducía a una velocidad increíble, como un demonio. Era toda una estampa verla al volante con su preciosa melena flotando al viento.

Do Nothing Till You Hear From Me
[No hagas nada hasta que recibas noticias mías]

El portero nos dijo que un detective de la policía se había pasado a verme. Había dejado su tarjeta para que lo llamara en cuanto volviera.

Me guardé la tarjeta en el bolsillo y seguí a André escaleras arriba, hasta su piso.

Así que mi semental grandote y fuerte, el amor de mi vida, se había dejado secuestrar durante cinco horas por una mujer desarmada de mediana edad, que no llegaba a los cincuenta kilos de peso.

Sentí ganas de gritarle. De burlarme de él. De pegarle un cachete por idiota. De llamarle blandengue y tontaina.

También sentí ganas de llorar.

Pero estaba demasiado cansada para hacer nada de eso, y demasiado contenta porque seguía vivo. Demasiado enfadada con Vivian, también.

–Así que creías tener pegado a las narices el culo de la muerte, ¿eh? –dije, utilizando otra expresión del difunto Gigi Lacroix–. ¿Qué se te pasaba por la cabeza? ¿Rezaste? ¿Maldijiste el día en que me conociste?

–Recé para que no se le resbalara el dedo –dijo quedamente–. Y también maldije. Pero no a ti. Tu tía... –pareció que le faltaban las palabras–. Dios, esa bruja está grillada.

Se desplomó en la silla más próxima y yo le serví un ron seco de la botella que había estado soplándome unas horas antes.

—Supongo que no tenemos nada para fumar en casa —dijo con desánimo.

—Anoche se me acabaron los Gauloises.

—No, Nan. Me refería a algo de *fumar*. Creo que nos hemos ganado a pulso un buen colocón.

Me alejé para acomodarme en la silla del otro extremo de la habitación.

—Verás —dije—, me imagino lo que debes de estar pensando.

—¿Qué quieres decir? ¿Pensando sobre qué?

—Sobre Vivian. Sobre qué hacer.

—¿Hacer?

—Sí, sé que ya has tenido bastante. Que sencillamente te alegras de seguir con la cabeza sobre los hombros. Lo único que quieres es lavarte las manos y olvidarte de Vivian. Y no te culpo por ello, créeme.

—¡Lavarme las manos! Si acaba de dejarnos tirados, Nan. Y, tal como le has dicho, los problemas que tiene ahora no son nada comparados con los que se le vendrán encima si mata a ese tipo. Lo único que nos queda por decidir es a quién vamos a llamar primero... a la poli o a los hombres de bata blanca que te administran Thorazine. Vivian ya no es responsable de sus actos. Hay que pararle los pies.

—¡Ya lo sé! —exclamé impaciente—. Sí, claro que hay que pararle los pies. Pero no a través de la policía. Tengo que sacarla de aquí y llevármela a casa para que allí reciba algún tratamiento.

—No empieces con ese rollo otra vez, Nanette. Te lo advierto.

—André, ¿qué quieres que haga? ¿Poner a un equipo de operaciones especiales sobre su pista? ¿Llamar a la pasma y decirles que ahora anda por ahí suelta con una pistola de verdad en la mano?

—¿Quiero que hagas eso? No. Lo que quiero es que le pongan la camisa de fuerza. Y quiero que dejes de pringarte en este follón para que podamos vivir la vida que nos queda por delante.

—La encerrarán sin pensárselo dos veces, André. Ya no es responsable de lo que hace. Tú mismo lo has dicho. Ha perdido la razón.

—No pienso discutir contigo, Nan. Llama al detective. O a Simard. Adelante. Pero que sepas que no está a tu alcance hacer de ángel justiciero y salvar a todo el mundo: a tu madre, a Vivian, al cabrón de Jerry, incluso a los muertos. Si con mantener un equilibrio precario ya no das abasto... y he dicho precario.

—Muchas gracias, André. Soy una incompetente, ¿verdad? Y, para colmo, una egocéntrica.

—Me rindo —zanjó la conversación con un ademán de hastío.

—¿Y ahora qué? ¿Me dedico a hablar con las paredes?

Se volvió de espaldas y encendió bruscamente el equipo de música. Me figuro que sólo pretendía ahogar mi voz. Al cabo de un minuto oí lo que había elegido: el plañidero punteado de un solo de guitarra. Di un respingo, sobresaltada por el volumen atronador.

André había puesto la cinta de Rube Haskins que había dejado tirada en la habitación a primera hora de aquel largo día. Unas doce o trece horas antes. Se diría que había pasado un siglo desde entonces.

Fui a buscar en la nevera la comida que sabía de sobra que no teníamos.

¡Plank, plank, plank! ¡Plank, plank, splank!, repetía la machacona guitarra. Entonces oí la voz de Little Rube. Un trémolo desvaído y cargado de sufrimiento que hablaba de la hermosura bañada en sangre del Sur, y de que componer canciones había sido su sistema para sobrevivir. Luego sonaron los típicos licks del blues y a continuación un grito desgarrado de esclavo. Estaba claro que era el tema favorito de Martine: «La oración del bracero».

—Bájalo un poquito —dije a mitad de un animado blues con una letra mordaz alusiva al Rey Algodón.

André no hizo ademán de moverse para ajustar aquel volumen que reventaba los oídos.

—Oye, ¿no has oído lo que te he dicho? —pregunté en tono beligerante—. ¡Bájalo!

André hizo como si no me oyera y no contestó. Supuse que aún no se le había pasado el cabreo.

Cuando sonaba el siguiente tema, se precipitó hacia mí y me agarró por los hombros.

—¡Escucha! —me exhortó con los ojos llameantes.

—No —dije con cansancio—. Se acabó la charla, se acabó la discusión. No lo soporto más. Deja que me relaje un momento antes de poner a los sabuesos sobre la pista de Vivian. Voy a llamar a ese madero, ¿vale? Voy a entregarla a la policía. ¿Te haré feliz así, André?

—¡Que no! No es eso. *¡Escucha!*

Así lo hice, durante otros diez minutos. Era más de lo mismo.

Haskins relataba los horrores de la vida en una cuerda de presidiarios, contaba anécdotas espeluznantes sobre las circunstancias que le impulsaron a escribir este o aquel tema. Luego otra melodía. Algunos adornos interesantes aquí y allá. Una buena voz, aunque no se podía decir que te cautivara. Cierto es que yo no tenía el oído educado para el blues ni el folk. Me parecían maravillosos Muddy Waters y Bessie Smith, Bobby Blue Bland y Charles Brown, y otro puñado de músicos, pero no me tenía por una experta en los fundamentos del blues. Idolatraba a las grandes figuras del bebop y a sus herederos, y hasta ahí llegaba mi conocimiento del blues.

Para mí, Rube Haskins no era nada del otro mundo. Sonaba como un músico competente mostrando lo que sabía hacer. Pero le faltaba un estilo propio.

Para colmo, el ruido de fondo —no era más que una grabación pirata hecha por un aficionado— me estaba volviendo loca.

Exhalé un sonoro suspiro e imploré literalmente a André que quitara la cinta.

Esta vez me hizo caso. Luego lanzó un horrísono grito triunfal.

—¡Lo sabía! –chilló–. ¡Lo sabía!
—No te entiendo.
—Little Rube Haskins es Little Rube Don Nadie, Nan.
—En fin, André, me parece que te estás pasando. Yo no lo encuentro tan malo.
—No, claro que no. Malo no es. Pero no es nadie.
—Explícamelo, profesor. Me tienes desconcertada.
—Ese día debiste de dormirte en clase. El día en que el profesor de música habló de los viajes que hacían al sur los folcloristas para grabar a los artistas de blues autóctonos. Iniciaron ese trabajo antes de los años veinte, y siguieron realizándolo de manera intermitente durante medio siglo. Casi todo el material de esta cinta está copiado de las antiguas grabaciones que hicieron esos investigadores. La voz de la mitad de los cantantes de blues famosos que ha habido en la historia quedó registrada por primera vez durante esos viajes de campo. La Biblioteca del Congreso recopiló muchas horas de música. E incluso editaron algunos discos que salieron al mercado.
—¡No me digas!
—Sí, Nan. Te digo que Rube Haskins no compuso nada de esto. Lo robó, se lo apropió o como quieras decirlo. He reconocido varias canciones de protesta grabadas por un tal Gellert en los años treinta. A veces varía el orden de las palabras. Y se ha hecho una criba de las expresiones dialectales. Pero es eso, ni más ni menos. ¿No lo recuerdas? John y Alan Lomax, los dos sureños, padre e hijo...
—¡Dios, claro que sí! Y la venerable Zora Neale Hurston también participó. Y, para que lo sepas, puede que alguna vez haya echado una cabezada en la clase de etnografía, pero en la de música jamás me dormía, listillo.
Llegados a este punto, André casi babeaba de placer.
—Esa mamarracho degenerada de Martine se va a enterar de lo que es bueno si tengo la desgracia de volver a toparme con ella –dijo.
Si no me engañaba la memoria, a veces iban a las cárceles a grabar a los negros cantando blues de la cuerda de presi-

diarios. Me vino espontáneamente a la cabeza la imagen de una destartalada prisión bajo el sol de Mississippi. Como bien había dicho André, las futuras estrellas del blues dejaron constancia de su música en aquellos estudios antropológicos. Pero ¿y todos los demás músicos anónimos, hombres y mujeres, a los que nadie había oído ni llegaría a oír? Rube Haskins se había aprovechado de ellos. Al dulce chico de campo que no se enteraba de nada no le faltaron luces para hacer eso. Little Rube me había defraudado, qué curioso. Por lo visto, necesitaba creer en su integridad. Que hubiera resultado ser tan deshonesto como Vivian me tenía verdaderamente escandalizada.

—¿Ya sabes cómo descubrieron a Leadbelly, verdad? —estaba diciendo André—. Y también a Terry y McGhee.

—Sí, sí, claro —respondí malhumorada, sin prestarle atención.

Luego André me contó la versión sintetizada de la vida de Sippie Wallace. Esa mujer también me gustaba, pero no podía concentrarme. Empecé a pasear por la habitación como una posesa mientras él seguía pontificando o, alternativamente, planeando con gran lujo de detalles sádicos y escatológicos lo que le gustaría a hacerle a Martine y a los demás músicos negros frustrados e ignorantes que se las daban de listos como ella.

—¿André?
—¿Sí?
—Cierra la boca.
—¿Eh?
—Tengo que hacer una llamada.

—¿Inspector Simard? Soy Nan Hayes.
—*Oui*. ¿Qué ha pasado? ¿Ha visto a mi joven amigo de la prefectura?
—Enseguida se lo cuento —dije—. En primer lugar, André está sano y salvo. Lo tengo aquí, a mi lado.
—Me alegro mucho.
—Sí. Yo también. Y ahora necesito preguntarle otra cosa.

Le agradecería que me lo dijera aunque le parezca extraño. Es importante.

—Si está en mi mano decírselo, jovencita, se lo diré. ¿De qué se trata?

—¿Recuerda usted, inspector, si durante la investigación del caso de Rube Haskins se mencionó a un tal Jerry Brainard?

Se produjo un largo silencio. Al final me respondió que no, pero con mucho titubeo; esa respuesta de una sola palabra sugería más de lo que decía.

—¿Por qué lo dice así, monsieur Simard? Dígame la verdad, se lo ruego. ¿Reconoce ese nombre o no?

—Sí, en efecto, lo reconozco.

—¿Quiere decir que lo interrogaron en la investigación del asesinato?

—No. Lo conozco por motivos muy distintos. La policía tenía a Brainard en su punto de mira. Sospechábamos que falsificaba dinero y estaba implicado en otros muchos delitos, grandes y pequeños. Pero no logramos ponerlo a la sombra. Se relacionaba con toda una horda de delincuentes conocidos, pero nunca lo pescamos con las manos en la masa. Estuvo moviéndose entre Estados Unidos, París, Toulouse y Marsella durante años. Pero era extraordinariamente precavido. Dígame por qué me ha preguntado por él.

—Porque mi tía... porque André y yo nos hemos enterado de que estuvo casado con mi tía. Vivian y Brainard tangaron a Haskins y lo dejaron sin blanca. Luego Brainard abandonó a mi tía. Y, no se lo pierda: fue él quien mató a Rube Haskins.

—*Comment?* ¿Qué hizo?

—Es la pura verdad, inspector. Y ahora debemos detenerlo antes de que destroce otra vida... provoque otra muerte.

—Pero ¿cómo se ha...? ¿Está segura de lo que dice? —me preguntó dubitativo.

—Pues sí. O no. O sea... ¿por qué no me cuenta lo que está reservándose, por favor?

—Brainard eludió a la justicia durante muchos años, mademoiselle Hayes. Lo que no entiendo es cómo podría destrozar una vida ahora mismo, o en el futuro. Lo asesinaron hace un mes.

¡Otra más! ¿Cuántas veces iba a tener que soportar que me rompieran los esquemas en un plazo de veinticuatro horas?

–Es imposible –insistí–. Imposible.

Estaba convencida de que se equivocaba. Vivian acababa de decirnos que llevaba un par de meses en París. De ser cierto, tenía que estar forzosamente al tanto del asesinato de Jerry. ¿Cómo no iba a estarlo? Nos había dejado muy claro que había localizado a Jerry Brainard... que iba a ir a por él en cuanto se hiciera con un arma. Lo que significaba que estaba persiguiendo a un muerto. Vengándose de un muerto.

–¿Está seguro de que no es otro Jerry Brainard el que ha sido asesinado? –pregunté.

–Ya no estoy en el departamento, pero aún soy capaz de leer la prensa –me respondió quisquillosamente–. La noticia estaba a la vista de todos.

Me quedé pegada al auricular un buen rato mientras trataba de digerir aquella última revelación y repasaba mentalmente tanta información incongruente, queriendo trazar el límite entre la cordura y la locura, intentado deducir quién estaba grillado y quién era simple y llanamente un embustero.

–¿Qué dice? *¿Qué dice?*

Aparté a André de un empujón.

–Oiga... Mademoiselle? –dijo el inspector.

–Sí, sí –contesté con brusquedad, de muy malos modos–. Tengo que dejarle.

–*Ne quittez pas, mademoiselle!* ¡No cuelgue! ¿Ha visto a mi amigo del departamento? Debe explicarle lo que sepa de este asesinato.

–Sí, sí, sí. Ahora mismo voy a verlo –repliqué, y colgué el auricular.

–¿Pero cómo te puede apetecer un trago ahora mismo?

–Muy sencillo, André. Vamos a tomar una copa. ¡Vamos *ya*, por favor!

–Me temo que Vivian te ha contagiado, Nanette. Ella

empeñada en matar a un hombre a sabiendas de que está muerto. Y tú... cuando tenemos a la policía francesa pisándonos los talones y a Vivian por ahí suelta con un arma en la mano... tú quieres irte de copas.

–Eso mismo. Se acabaron las preguntas, tesoro. En marcha.

Wham Bebop Boom Bam

—Qué raro —masculle, echando un vistazo a mi alrededor—. ¿Dónde se han metido todos?
Jacques nos saludó con la mano. Era el segundo de abordo del Bricktop's.
—*Ça va?* —preguntó.
—*Oui*, todo bien, Jacques. ¿Cómo es que hoy está esto tan vacío?
—Es martes —explicó.
—Ya, ¿y qué?
—Los martes la gente va al Parker's. Incluso monsieur Melon. Organizan la noche de los nuevos talentos. Monsieur Melon nunca se pierde esta noche del Parker's. Es allí donde conoce a los mejores músicos jóvenes y les pide que vengan a actuar aquí. Lo mismo que hizo con vosotros.

—Necesitas ponerte en manos de un profesional, Nan. Has perdido la razón, ¿no te das cuenta?
André me hablaba con la boca llena del crêpe de castañas que había comprado a la carrera mientras nos dirigíamos al metro desde el Bricktop's.
El club Parker's estaba en el distrito 5, a menos de diez minutos de casa, de la rue Christine.
—Todavía no te lo puedo explicar —le repetía una y otra vez a André. No se lo podía explicar *todo*, porque me faltaban por encajar un par de piezas. Y, sin ellas, lo demás era...

inexplicable, precisamente. El primer objetivo consistía en llegar al Parker's cuanto antes, entrar en acción antes de que sucediera algo irreversible.

Quizá aparentaba estar segura de mí misma cuando cruzamos de una zancada las puertas batientes de aquel club lleno de humo y con luces bajas, como era de rigor. Pero no lo estaba. De hecho, no sabía lo que iba a suceder... ni siquiera *si* iba a suceder algo. Puede que André estuviera en lo cierto y yo hubiera perdido la cabeza y estuviera flipando una vez más. Pero ¿y si las incertidumbres que se me arremolinaban en la cabeza resultaban ser ciertas? Tenía que hacer algo. Era mi última oportunidad.

Una cantante vestida a lo Carmen McRae, con pantalones capri y camisa blanca abotonada de arriba abajo, estaba terminando la última estrofa de «The Devil and the Deep Blue Sea».

El maestro de ceremonias anunció un descanso y, enseguida, el murmullo de las conversaciones descendió como un telón y prácticamente tapó la música grabada (Wayne Shorter, en vivo, 1964) que empezaba a sonar. Entonces dio comienzo el pase de modelos, el fantasmeo, el trasiego entre las mesas. La gente circulaba de un lado a otro, flotando como peces en la densa atmósfera. Europeos vestidos de negro, yanquis blancos acompañados de negras, yanquis negros acompañados de rubias, y una dosis saludable de acaudalados japoneses con ropa de diseño impresionante. Gente guapa.

Me abrí paso por la sala abarrotada, seguida de mala gana por el aturullado André, que aún me miraba como pensando que necesitaba un buen electroshock. Al llegar a la barra, con reposapiés de latón, empecé a escudriñar a la clientela. Si aún no tenía del todo claro si André estaba colgado, fuera de juego, la duda se despejó cuando divisé a un célebre jazzman norteamericano en una mesa pegada al escenario antes de que lo viera él.

—¿Qué estás mirando, Nan?
—No estoy mirando, sino buscando.

–Vale. ¿Y qué buscas?

–No lo sé a ciencia cierta. Vamos a pedir una copa.

La pedimos y seguí mirando a mi alrededor.

–¿Te sientes cómoda? –André me quería proteger y, manejándome con la mano que había posado en mi cintura, trataba de obligarme a sentarme en un taburete.

Sin molestarme en contestarle, asentí con la cabeza y luego estiré el cuello para abarcar con la vista hasta el último rincón de la sala.

–Ay, madre mía, espero que Satchmo responda a mi carta –dijo André, poniéndome a prueba para ver si le estaba prestando atención.

Me eché a reír, le cogí la mano, se la besé y me apresuré a devolvérsela.

–Esta versión de «High Fly» que está sonando, ¿quién la interpreta? –pregunté.

–Jaki Byard. Como si no lo supieras.

André se embuchó un puñado de anacardos acompañado de medio vaso de vino.

–Ese tío nunca me ha caído bien, ¿sabes? –me confesó, señalando discretamente con la cabeza al afamado músico–. Siempre me ha molestado, que no me caiga bien, quiero decir. Pero es lo que hay. Me parece un pelmazo presumido.

–Pues sí –dije–. Ya te contaré luego lo que opinaba de él David Murray.

Todo iba bien. André estaba olvidándose de mi supuesto ataque de locura. Y, además, la bebida se le estaba subiendo a la cabeza. Lo cual no era de extrañar, dado que llevaba varios días sin comer. Yo también estaba peleándome con un dolor de cabeza producido por el hambre. André se cepilló el cestillo de frutos secos y atacó el de las galletitas saladas.

–Ahí está esa pareja –dijo André, señalando a un anciano y a una mujer que teníamos cerca–. Ya sabes, los que siempre nos dan cien francos en el Bricktop's.

–Sí, son gente maja –le seguí la corriente, sin mirar.

–Me pregunto si debería intentar entrevistarlos en algún momento. Aunque no son negros, son unos norteamericanos que llevan alrededor de cuarenta años establecidos en París. A lo mejor me rellenaban ciertas lagunas. Quizá conocieron a ciertos personajes a los que no acabo de situar en el capítulo de los años cincuenta.

–Buena idea –dije, todavía inspeccionando la sala. Le indiqué por señas al camarero que nos rellenara las copas.

–Jacques no mentía al decir que toda la clientela del Bricktop's iba a estar aquí. Esos actores que siempre llegan de madrugada también han venido –observó André. Una de las mujeres de la troupe nos saludaba con la mano... o, más bien, saludaba a André. Ya sabía yo de qué iba esa película. *Ni lo sueñes, bruja*–. Apuesto lo que sea a que he adivinado de qué va esta película, Nan –dijo André al cabo de un rato. Sonreía como el gato de Cheshire.

–¿Cómo? –dije.

–Has montado todo este lío porque quieres darme una sorpresa. Está a punto de entrar alguien... una persona tan genial y tan famosa que me hará caerme de espaldas. Sabías desde el principio que hoy se reunían todos aquí. La escena con Jacques la tenías planeada. Sabías que todos iban a estar aquí esta noche precisamente porque va a venir esa persona a la que quieres que vea. Yo soy el único que no está en el ajo, ¿verdad? Va a pasarse por aquí una eminencia que me va a dejar turulato. ¿A que sí?

Me quedé mirándolo y pensando: cuidado con lo que deseas.

–Ojalá eso fuera verdad, cielo –le dije.

–Entonces, ¿qué coño pasa, Nan? ¿Estás esperando a alguien de tus tiempos locos?

–Sólo te pido un poco más de paciencia –le rogué–. Espera un poco. Ya casi lo tengo resuelto, André. Tómate otro vino.

–Si a quien buscas es a Morris, no te preocupes –dijo–. Ahí lo tienes, mira.

Pues sí. En el otro extremo de la sala, Melon, con su raída chaqueta de confección londinense, era el centro de atención de un corrillo, como siempre. Él y otras cuatro personas se habían apelotonado en torno a una mesa redonda minúscula y el viejo estaba ofreciéndoles un chismorreo sobre alguna estrella que era a todas luces muy sabroso. Y, como siempre, las bebidas corrían a raudales. Risotadas estridentes a montones. Por lo visto, lo estaban pasando en grande.

André dejó aparcado un rato el juego de las adivinanzas y empezó a urdir un complejo plan para hacernos saltar a la fama junto con varios de sus colegas de la calle. Era algo así como un álbum en el que una miscelánea de músicos callejeros interpretarían todo tipo de ritmos. Ahora no recuerdo cómo quería titularlo: *Lo mejor de las calles*, *La calle de los sueños*, o algo así. No era mala idea, supongo, a menos que ya se le hubiera ocurrido a alguien. Asentí como diciéndole: «sí, querido, estupendo».

–Verás, el problema no sería tan grave si realmente tuviera los papeles en regla.

–¿De qué problema hablas? –pregunté.

–De tu demencia. Aquí tienen seguridad social, ¿sabes? Podríamos celebrar una boda relámpago y luego te ingresaría directamente en una clínica. Ay, Señor, estoy harto, Nan. Haz el favor de explicarme qué pasa, y explícamelo ya.

–Como quieras –dije–, lo intentaré. Pero no dejes de vigilar mientras hablo.

–¿A quién quieres que vigile, cariño?

En ese preciso instante, me llamó la atención una camarera. No era joven como el resto del personal. Ni llevaba el característico delantal blanco. Bandeja en mano, se dirigía a buen paso hacia el otro extremo del club.

–La camarera... –dije lentamente. La frase se quedó a medias.

–¿Qué camarera?

Le agarré la cabeza y la giré en dirección a la mujer.

–No la necesitamos –dijo–. Si quieres otra copa, ¿por qué no la pides aquí, en la barra?

–¡No! ¡La camarera, André! ¡La mujer de la bandeja!

Me refería a la que llevaba un revólver automático junto a los vasos de whisky con soda. Vivian no había perdido el buen gusto. El arma era de un color gris desvaído... de aspecto muy caro y muy elegante, y, desde luego, no era de juguete.

–¡Es Vivian! ¡Lo va a matar!

Salté del taburete y eché a correr hacia la mesa de Morris Melon.

–¡Deténla, André! –chillé sin parar de correr–. ¡Es Vivian! ¡Deténla!

Viv soltó la bandeja cargada de vasos, que se estrelló estrepitosamente contra el suelo. El principal objeto de la bandeja, el revólver, lo empuñaba con ambas manos mientras, avanzando a zancadas como las del Jovial Gigante Verde, acortaba distancias con Melon.

Sus acompañantes y él estaban tan colocados y tan absortos en la juerga que se traían que ni se habían vuelto a mirar cuando se rompieron los vasos. Pero en ese momento, al irse propagando los alaridos a medida que los parroquianos se fijaban en Viv y comprendían lo que pasaba, Melon giró en su asiento, colocando el pecho en plena línea de fuego. Sólo le faltaba colgarse una diana del cuello.

Todavía a unos metros de distancia de él, empecé a avanzar con el brazo estirado para agarrarlo por el cuello de la chaqueta y arrastrarlo al suelo.

André se aproximaba a Viv utilizando la misma maniobra. Le oí llamarla a grandes voces por su nombre. Seguro que le había oído, pero no ralentizó el paso.

El viejo saltó de la silla antes de que llegara a su lado. Sus contertulios estaban tirándose bajo la mesa en un vano intento de ponerse a cubierto. Aquellas mesitas de café no habrían protegido bien ni a un renacuajo.

Fue entonces cuando sonó el primer disparo. La bala pasó silbando junto a Melon, que huía torpemente, y reventó una vitrina.

Melon trató de hacer un regate de deportista. Un intento patético. Corría como un perro viejo. Tan *patético* que casi daban ganas de reír.

Más alaridos. Estábamos metidos en faena.

Pero en ese momento, Melon decidió repentinamente cambiar de táctica y se volvió hacia Vivian. Levantó los brazos, implorante, como si una súplica sincera y sentida fuera a detener la siguiente bala.

Todo el mundo se quedó paralizado, a la expectativa.

—¡Escúchame, Vivian! —vociferó Melon—. No me quedó más remedio que hacerlo. Jerry se presentó en casa. Me dijo que estaba sin blanca, desesperado. Le hacía falta el dinero, dijo... los ochenta mil dólares. Casi le escupí en la cara. Cuando Jerry y tú desaparecisteis con los ciento cincuenta mil dólares, me dieron ganas de mataros... a todos. Y ahora, veinte años después, ¿se supone que tengo que rescatarlo? Me reí de él. Además, ¿de dónde quería que sacara esa fortuna? Tendría que vender el Bricktop's para hacerme con tanta pasta. Pero él no atendía a razones. Ya sabes cómo era... lo sabes mejor que nadie. Me dijo que si no le daba el dinero, empezaría a hacer llamadas telefónicas... y no sólo a la policía... me dijo que lo contaría todo. A mi edad ya no estoy como para perderlo todo de nuevo, Vivian. *Me vi obligado* a matarlo.

Vivian soltó una risotada de las que hielan la sangre en las venas.

—Así que te viste obligado. ¿Y a mí qué? ¿Crees que me importa? Me alegro de que hayas despachado a ese hijoputa. Sabes muy bien, Morris, que lo de Jerry no tiene nada que ver con esto. *No* te irás al infierno con esa idea.

Melon tragó saliva con gran esfuerzo y los ojos se le pusieron fluorescentes.

—No señor. No es por Jerry —afirmó Vivian sobriamente—. Es por el negro paleto. ¿No era así como lo llamabas?

¡Whang!, sonó el siguiente disparo. Impactó en el amplificador del escenario, lo cual provocó una detonación estilo película de Vietnam que pareció sacudir el club hasta los cimientos. Las personas que reptaban por el suelo se taparon los oídos mientras trataban de poner sus traseros a cubierto.

Pegando alaridos, Melon se alejó a trompicones en busca de algún refugio.

André saltó sobre Vivian sin darle tiempo a disparar por

tercera vez. Empezaron a tambalearse y a retorcerse al unísono, peleándose por el revólver y lanzando improperios y gemidos.

El arma soltó una rociada de balas cuando di el primer paso hacia ellos. Me agaché y seguí adelante, reptando en medio del caos.

Otra rociada de balas. Seguida de un rugido de dolor y estupefacción de André.

Me levanté justo a tiempo para verlo desplomarse, con la pechera ensangrentada.

Quería reducir a Vivian, pero no hubo caso. Al quedarse el campo libre, apuntó a la espalda de Morris Melon y disparó repetidamente contra él, y esta vez dio en el blanco. Melon se dobló en dos a la entrada de la pequeña cocina.

No sé cómo me atreví. Fui a por ella, chillando, con las manos crispadas como zarpas.

–¡Atrás! –me ordenó, dirigiendo el revólver hacia mí–. Se acabó, Nan. ¡Da marcha atrás!

Vivian temblaba tanto que estuve a punto de arriesgarme a quitarle el arma.

Se acabó. Tenía toda la razón.

Me oí repetir la primera frase que le había dicho en el Volkswagen:

–Vivian, te detesto.

Trató de decir algo mientras se deshacía en lágrimas.

Oí un ronco quejido de André y caí de rodillas a su lado. Cuando volví a levantar la vista, Vivian estaba escabulléndose por la puerta principal.

Mientras la clientela se dispersaba como una banda de cucarachas asustadas, cubrí a André con mi cuerpo y rogué, a nadie en particular, que no muriera.

Un par de minutos después se oyó en la calle una detonación amortiguada. Un solo disparo.

Sí. Sabía que era lo que faltaba.

¿Cómo, si no, podía terminar algo así?

I Want to Talk About You
[Quiero hablar de ti]

Tenía que marcharme. Y pronto. Vivian estaba pudriéndose en el hospital municipal.

Por fortuna, gracias al amigo que monsieur Simard tenía en la policía, pude pasar la agonía de adoptar toda una serie de decisiones muy duras rodeada del lujo relativo de la rue Christine y no en una celda, acusada de obstrucción a la justicia.

La última visión que tuve de la que en tiempos fuera mi adorada tía fue una auténtica escena de terror. Estaba enroscada sobre sí misma sobre el enlosado, detrás de la cocina del Parker's. Casi toda su cara había desparecido. A ver cómo se asimila eso. Nunca había visto algo tan espantoso. Y, sin embargo, el único pensamiento que me vino a la cabeza fue: Dios mío, qué poca cosa es... y qué sola debe de estar. Pero ¿tocarla? No. Ni hablar. Era de mi familia, sangre de mi sangre; en otros tiempos nos habíamos querido mucho; y sabía que llegaría el día en que le perdonaría el dolor y las desgracias que había provocado. Pero no iba a tocarla. Comprendo que debería haber tratado de despedirme de ella de algún modo. Podría haber dicho una oración por su alma, o lo que fuera, pero no hice nada. Estaba embotada y tenía que ir al hospital para hacer compañía a André.

En el bolsillo de la falda de Vivian encontraron una carta dirigida a mí. De los diez mil dólares, ni rastro. El mensaje, escrito en el reverso del menú de un café, no era tanto la nota de una suicida como una especie de poema telegráfico y críptico:

Nanette,
Perdóname las mentiras. Así somos los mentirosos. Ya no me queda más que una verdad que contarte. Hace seis meses. En Chicago. Estoy en las últimas. Como siempre. Tratando de idear cómo salir del paso. Como siempre. Con un trabajo que no me compensa y un hombre que no es digno de ningún esfuerzo... aunque me dé cien vueltas. Me dicen en la clínica que tengo un cáncer y que no pueden hacer nada. O, más bien, que no puedo hacer nada.
Reflexiono mucho. Sobre lo que he hecho y lo que he dejado de hacer. Mi padre. Tu padre. Jerry y el resto del estúpido desfile. De todos ellos, sólo uno me amó de verdad. Y precisamente a él tuve que traicionarle. Nunca llegó a decidir en qué campo quería jugar. Pero daba igual. Siempre supe que me amaba. Viv la viajera, siempre con la casa a cuestas. Así que me dije: ha llegado la hora de emprender el último viaje, mi niña, antes de que el señor Cáncer se presente a tomar el té. Ha llegado la hora de enmendar los errores.
Nunca volverás a admirarme, cielo. Pero, por favor, tampoco me desprecies. Te quiero Nan, y lo siento.

Uno de nuestros colegas de la calle trajo un piano eléctrico a casa. Incorporado en la cama, André pasaba horas y horas tocando melodías de oído con una sola mano. No iba a tener problemas para reponerse. A André no le hacía gracia que le dijeran que su herida no era especialmente «grave», y a mí tampoco me la habría hecho si hubiera sido él. A fin de cuentas, que te peguen un *tiro* es grave por definición cuando es tu cuerpo el que queda desgarrado por la bala. En todo caso, tenía que tomarse su tiempo para dejar que la herida de al lado del pezón izquierdo cicatrizase. Nada de tocar el violín durante un mes, por lo menos. Pero ningún motivo le impedía salir a la calle siempre que no hiciera un esfuerzo excesivo... podría haber paseado o haberse sentado en un café. Sencillamente, no le apetecía.

Le alimentaba con sopas y le daba antibióticos y, como si el peso de mi culpa no fuera suficiente, volvía a romperle el corazón cada vez que discutíamos sobre mi regreso a Nueva York. Esa discusión parecía ocuparnos las veinticuatro horas del día. En el acaloramiento del momento, me dijo muchas cosas feas que en realidad no sentía, y, por eso, nunca le pagué con la misma moneda.

–Oye, André, ya sé que te has tomado muy a pecho ser Don Exiliado Negro en París. Pero ¿no crees que te estás pasando, cielo?, si hasta Sidney Bechet volvía a casa de vez en cuando, ¿o no?

–No lo llames volver a casa, Nan.

–¡Es eso, ni más ni menos!

–Y una mierda. Tu casa está donde te sientes acogido. Donde te aprecian, te respetan y te quieren. Incondicionalmente. Tu casa está donde hay un hueco para ti.

–Yo tengo un hueco para ti, so bobo. Una casa para los dos. Podemos trabajar, André. Y volver aquí.

–Volver de visita, eso es lo que tú quieres –dijo como si tuviera leche agria en la boca–. Una solución de compromiso, a eso te refieres. Yo no soy así, Nanette. No estoy de vacaciones. Quiero encontrar mi lugar. Yo voy en serio.

–¿Y yo no? Sólo porque comprendo que ahora mi lugar está junto a mis padres, que tengo que llevar allí el cuerpo de Viv. Además de dejar que muriera sola, ¡he tirado a la basura diez mil dólares, tío! No podía desentenderme de Viv cuando estaba viva ni puedo desentenderme ahora.

–Pero de mí sí puedes desentenderte, ¿verdad?

–No es eso lo que quiero, André. En absoluto.

–Pues no vas a tener alternativa. Métetelo en la cabeza. O te desentiendes de ella o te desentiendes de mí.

Al cabo de un rato, André desistió de hablar. Se puso unas gafas azules de montura metálica que apenas alcanzaban a cubrirle la cuenca de los ojos y se quedó inmóvil, con aspecto de agente secreto de la CIA con pluma.

Traté de que nos lo tomáramos a risa. Intenté razonar con él. Traté de que nos lo tomáramos de cualquier forma menos de la suya. Pero no estaba dispuesto a dar su brazo a torcer. Yo iba a «abandonarlo», él lo veía así. «Abandonarlo. Punto.» Encerrarse en el silencio fue su manera de abandonarme antes de que yo lo dejara a él.

Comprendía lo mal que se sentía. Porque yo me sentía igual.

Cuando llamó el inspector Simard para decir que estaba en París y quería quedar a comer con nosotros, rogué a André que se vistiera y me acompañara. Pero no hubo manera de que se moviera.

–Te traeré un poco de helado –le dije mientras me calzaba los zapatos y cogía el paraguas plegable–. ¿De qué sabor lo quieres? ¿De pistacho?

No hubo respuesta.

–Venga, corazón. Ven conmigo, por favor. Simard te quiere ver. Me ha preguntado por ti con mucho interés.

Ninguna reacción.

–¿Me odias a muerte, eh, Geechee? Pues nada. Será de pistacho.

La *île* St. Louis bajo la lluvia. Notre Dame suspendida en la niebla a mis espaldas, como una vieja mano de dedos oscuros que señalara a Dios. Hubo un tiempo en que la escena me habría abierto el grifo de las lágrimas. Pero, de momento, las lágrimas se habían agotado. Ya me quedaría tiempo para llorar más adelante. Nunca había hecho el amor con André bajo la lluvia. ¿Qué se sentiría?

Simard estaba muy elegante con su traje oscuro. Se levantó al ver que me acercaba a la mesa, cogió mis manos entre las suyas y se quedó mirándome a los ojos. Por un instante, pensé que me iba a besar. Pero no lo hizo; era un anciano caballero que sólo me había visto dos veces en la vida y su reserva gala pesaba demasiado. Aun así, percibí la bondad de su mirada y se la agradecí.

Disculpé la ausencia de André con una mentira y la comida dio comienzo. Fue el inspector, naturalmente, quien eligió todos los platos. La cocina era excelente y pospusimos la conversación sobre el motivo de que nuestros caminos se hubieran cruzado hasta el momento en que el camarero despejó la mesa.

–Pues bien –dijo–, he visto una copia de la carta que le dejó escrita su tía. Es muy triste cómo se trasluce su angustia. Debió de partirle el alma.

Asentí con la cabeza.

–La autopsia ha confirmado lo que le decía. Estaba muy grave, en efecto. Con un cáncer de páncreas imposible de operar. Es de los peores, según tengo entendido –se interrumpió en ese punto, pero al cabo de un momento añadió–: Siempre he dicho que, si llega el día en que me diagnostiquen algo así, consideraré seriamente la posibilidad de hacer lo que ella ha hecho para...

–Irse –dije en inglés–. Sí, yo también, creo. Pero con mucho menos escándalo.

Tomé un trago largo de vino; mi tercer vaso, creo.

–Últimamente hemos tenido mucha tranquilidad en casa. Me ha sobrado tiempo para tratar de ordenar mentalmente todo lo sucedido.

»Vivian nos contó una sarta de embustes a André y a mí mientras nos retenía en aquel coche. Pero, al propio tiempo y a su manera desquiciada, nos dijo la verdad. Me refiero a que nos explicó el reparto y el argumento... lo que había hecho cada cual... sus traiciones, por así decirlo. Bastaba con intercambiar los papeles... poner otros nombres y otras caras a cada uno de los delitos cometidos.

»Creo haber averiguado qué hizo cada protagonista, incluida mi tía. No pretendo decir que sea la historia completa, pero le falta poco, y apenas deja cabos sueltos... apenas.

–Soy todo oídos –dijo Simard.

–Hay que remontarse a hace más de veinte años. Vivian es una mujer joven y muy atractiva, y todos los protagonistas disfrutan a tope de la vida. Norteamericanos en París. Vivian, Jerry, Morris Melon y Ez. A Melon y a Ez se les ocurre una estafa para forrarse. El cerebro de la operación fue Melon, sin duda. Vivian quizá tomó parte en la planificación de la estafa o quizá no. Para mí que no; yo creo que Ez se fue de la lengua y le contó lo que se traía entre manos con Melon. Lo cual sería muy comprensible, puesto que Ez saltaba entre la cama de Morris Melon y la de Vivian. Era incapaz de decidir en qué campo quería jugar, como dijo Vivian. Digamos que al pequeño Ez se le subió a la cabeza sentirse deseado por aquella dama tan sexy y por un hombre de cierta edad muy elegante, sofisticado y carismático.

»Pues bien, Vivian ya está al tanto del plan. Y se lo cuenta a Jerry, que toma nota y queda a la espera para ver si Ez y Melon consiguen llevarlo adelante.

»Y ¿qué te parece? Por lo visto, lo están consiguiendo. Con el falso nombre de Little Rube Haskins, Ez se hace pasar por un compositor y cantante sureño. Sus canciones causan sensación en Europa. El único problema es que no son suyas. Las ha copiado de las antiguas recopilaciones de música folk realizadas por los estudiosos de la música hace casi medio siglo.

»Y aquí, inspector, debo añadir una nota a pie de página a esta historia que está a caballo entre el pasado y el presente. Mi amigo André es una especie de archivo viviente. Nunca se olvida de nada. Pero, curiosamente, la memoria le falló con respecto a Morris Melon. Recordaba haber oído su nombre en relación con algún estudio relativo a la emigración hacia el Norte de los negros del Sur. Pero la historia no era así exactamente. Melon realizaba investigaciones, en efecto, era sociólogo; pero lo que de verdad le interesaba era la música, y participó en los viajes que se hicieron en los años cuarenta para recopilar música sureña. He tenido tiempo para llamar a un amigo de Nueva York que es crítico de música. Y él ha encontrado el nombre de Melon, y hasta su foto, en los comentarios que acompañan a algunas de las viejas grabaciones. Como a Melon no le faltaba talento musical, debió de resultarle fácil introducir variaciones en la melodía y la letra de esas canciones. En Estados Unidos, el timo se habría descubierto en seguida, pero aquí la historia fue muy distinta.

»Ahora, volviendo a Ez y Vivian, se diría que Ez por fin decide en qué campo quiere jugar. Está locamente enamorado de ella. Y Vivian le hace creer que le corresponde. Pero está casada con Jerry Brainard.

–Casada, no –intervino Simard, negando con la cabeza–. No se ha encontrado por ningún lado el certificado de matrimonio.

–Entiendo. Otro embuste de Vivian. No tiene importancia. Casada o sin casar, no tenía intención de dejar a Jerry. Y, probablemente siguiendo instrucciones de Jerry, le hizo una jugarreta a Ez y lo desplumó. Lo deja pelado, le entrega el dinero a Jerry y, luego, de acuerdo con los planes que ambos habían trazado, desaparece del mapa.

»Vivian espera a Jerry. Espera y espera, pero Jerry no aparece ni le manda recado de que vaya a reunirse con él. Poco a poco, Vivian va comprendiendo que no tiene la menor intención de cumplir su palabra. Entretanto, el pobre Ez es asesinado brutalmente. Vivian se entera y cree que Jerry la ha dejado tirada y ha matado a Little Rube.

»Es entonces cuando entra usted en escena, inspector. Se toma en serio la investigación del caso y hace todas las pesquisas pertinentes. Pero, lamentablemente, la policía no logra atrapar al asesino.

»El único que sale ganando con todo esto es Jerry Brainard. Ese sinvergüenza asesino ha traicionado a todos. Vivian y Melon tienen las manos atadas. Por motivos evidentes, no pueden ir con el cuento a las autoridades, ni a nadie. Además, ni siquiera saben dónde se ha metido Jerry.

»Cae el telón sobre la historia de Little Rube Haskins. No hay grabaciones que puedan perpetuar su leyenda. Un puñado de gente sabe quién fue, para la mayoría no es más que una nota a pie de página de una nota a pie de página en la historia de la música.

»Pasan los años. Morris Melon se convierte en una especie de patriarca del círculo elegante de negros que viven en París. El señor *Bon Vivant*. Disfruta de su segunda oportunidad. La vida no le trata tan mal, a fin de cuentas.

»Jerry Brainard, según los informes que me dio usted, monsieur Simard, se hace delincuente profesional, con un historial no muy brillante. Prueba su suerte con los secuestros, con el contrabando, quizá trabaja a sueldo de otros criminales más poderosos. Y se las arregla para que no lo pongan a la sombra.

»Vivian también sigue adelante con su vida. De creer lo que nos contó, pasó los últimos quince años vagando sin rumbo, y, tal como ella misma lo expresó, la fiesta al fin terminó. Se entera de que Jerry Brainard, el hombre que se aprovechó de ella y luego la dejó tirada, está viviendo en París. Y como sabe que no le queda mucho tiempo por delante, decide vengarse con retraso, tanto por ella como por Ez. Consigue el dinero necesario para venir a París.

»Pero Brainard siempre le lleva unos pasos de ventaja. Él la localiza antes de que ella lo localice a él. Cuando se presenta en el hotel un tipo que trata de matarla, Vivian da por hecho que es Jerry quien lo ha enviado. Siente tanto pánico que ni siquiera vuelve a pasar por su habitación. Y, al final, Viv se entera con espanto de que Brainard ha matado a una mujer, una colega del hampa, y la ha implicado a ella en el asesinato. Jerry crea sistemáticamente pruebas falsas que la delaten. Vivian está fuera de sí. Acabará con Jerry aunque sea lo último que haga en la vida.

»Entonces se produce un giro inesperado de los acontecimientos. Un día, a través de sus contactos en los bajos fondos, Vivian se entera de que una chica que dice ser una sobrina suya de Nueva York anda buscándola. Quiere descubrir qué demonios estoy haciendo aquí y para qué pretendo encontrarla. Quizá sea una encerrona. O, sencillamente, quizá sea que la familia, preocupada por ella, ha enviado a una emisaria para que la rescate... como, en efecto, es el caso. Pero no puede acercársenos a mí y a André sin más. Está en peligro, la persiguen. Así que nos busca y pasa algún tiempo acechándonos.

»Viv se ha quedado sin recursos y no sabe qué hacer. Los últimos dólares que le quedan están en el hotel, adonde no puede volver. Si por casualidad he traído algún dinero para ella, necesita hacerse con él cuanto antes. Sin condiciones. Sin preguntas. En cuanto se le presenta la oportunidad, mete a André a punta de pistola en un viejo cacharro que sólo Dios sabe de dónde ha sacado. Le obliga a contarle lo que me ha traído por aquí y, después, lo encañona para que me llame y me diga que vaya a pagar un rescate por él.

»Tremendas confesiones desde el asiento trasero del Volkswagen. Tremendas mentiras, más bien. ¿O tal vez no?

–Comprendo –dijo Simard, encendiendo mi cigarrillo y el suyo–, creo que ya sé adónde quiere ir a parar. Lo que les contó su tía en ese coche era a *la* vez cierto y falso. Tenía toda la intención de matar a un hombre de su pasado. De vengarse. Pero en el momento en que se lo reveló a ustedes, ese hombre había dejado de ser Jerry Brainard. Ya estaba planeando matar a monsieur Melon.

–Exactamente, inspector. Melon era su objetivo. Igual que Vivian era el de Melon.

»Vivian llega a París decidida a cargarse a Jerry, pero cuando aún ni ha tenido tiempo de situarse, asesinan a Jerry. Y es ese asesinato el que le sirve de pista para averiguar quién asesinó a Rube Haskins.

»Viv deduce que fue Morris Melon quien despachó a Jerry Brainard, o el que dio la orden de que lo despacharan. Y de pronto cae en la cuenta de que... también fue Melon quien asesinó a Ez. Como usted señaló, en ese crimen se transparentaban el odio y la pasión. ¿Quién habría querido arrollar a la víctima una y otra vez, después de atropellarla, hasta dejarla hecha papilla? ¿Jerry? No se merecía ninguna medalla a la moralidad, desde luego. Pero la aventura de Vivian con Ez le traía al fresco. ¿Y Morris Melon? Ez no le había entregado la parte del botín que le correspondía y, para colmo, le había desdeñado como amante. Dios mío, si hubiera podido echarle la mano encima a Vivian, estoy convencida de que también la habría matado.

–Melon –confirmó Simard–. Melon, evidentemente. Pero ¿cómo llegó tan rápidamente su tía a la conclusión de que el asesino de Jerry Brainard era monsieur Melon?

–Lo que la convenció fue el asesinato de Mary Polk. Leyó en la prensa, como André y yo, que la policía había detenido e interrogado a un delincuente de poca monta llamado Gigi Lacroix. En un periódico aparecía su fotografía. Vivian lo reconoció de inmediato: era el tipo que trató de matarla en el hotel. Después de aquel intento, Vivian supuso que Gigi era un sicario de Jerry. Pero Jerry ya no estaba en este mundo cuando murió Mary Polk. Entonces supo que sólo podía ser Morris Melon quien andaba detrás de ella; que Gigi trabajaba para él y no para Jerry. Desde ahí sólo faltaba dar un paso para comprender que Morris Melon también era el responsable de la muerte de Ez. Había llegado, pues, el momento de saldar las cuentas. Pero no con Jerry. Con Melon.

»Nanette y su querido André no están al corriente de todo esto, como es natural. Se meten de cabeza en la guarida del viejo. Melon hace amistad con ellos y les pide que actúen en su local, donde le basta mantener los oídos abiertos para enterarse de sus progresos.

»¿Y a quién enrola la pequeña Nanette para que la ayude a encontrar a su tía? A un delincuente de medio pelo que sabe un poco de muchas cosas: Gigi Lacroix. El mismo matón que trabaja de sicario, de soplón o de lo que sea para Morris Melon.

»Lacroix se divierte con las paradojas de la vida. Yo le doy dinero por cumplir el mismo servicio por el que le paga Melon: encontrar a Vivian. «Síguele la corriente», debió de decirle Melon. «Embólsate la pasta y engatúsala contándole cualquier cosa.»

»Las paradojas eran tantas que me desbordaron, inspector. Por ejemplo: alguien estaba usando como pruebas falsas contra Vivian los objetos que guardaba en su maleta, sí; pero ese alguien no era Jerry, sino Morris Melon. Gigi debió de birlarle la agenda de teléfonos a Viv. Y Melon envió aquel telegrama pidiendo dinero con la esperanza de que algún pariente viniera a sacar a Vivian del apuro. Acertó de casualidad. Cómo iba a saber él que yo tenía una fortuna que entregarle.

»Por otra parte, Viv se quejaba mucho de las traiciones. Pero la peor traición no fue lo que le hizo Jerry, sino lo que ella le hizo a Ez. Le pegó una puñalada trapera. Muchas puñaladas.

Simard cumplió con el ritual de probar el vino de la botella que acababa de descorchar el camarero. Indicó con un gesto que estaba bien y nos llenaron los vasos. Bebimos en silencio durante un rato.

—Ya sé que no vale de nada llorar sobre la leche derramada —comenté—. Pero, al repasar los hechos, caigo en la cuenta de que muchas de estas cosas estaban clarísimas. No las vi ni aun teniéndolas delante de las narices. Después de que André pusiera esa cinta, todo debería haber caído por su propio peso.

»Pero es que era un auténtico follón, ¿entiende? No fui capaz de desenmarañar el relato de Vivian. Era imposible distinguir la realidad de la fantasía, y de las mentiras puras y duras. Aunque sí sabía que Melon estaba metido hasta el cuello en el asunto. El viejo Satanás.

»Qué *tremendo* error fue no prestar más atención a esa señal. El día en que Vivian empleó esa extraña expresión en el Volkswagen, tendría que haber comprendido de inmediato que se refería a Melon y no a Jerry. Y es que ahí es donde reside la peculiaridad del viejo Satanás de Melon: es como si se hubiera propuesto ser tan malvado como pudiera. Se ganó a pulso el apelativo. Es decir, que al principio debía de estar en el bando de los ángeles, y después, a partir del momento en que tuvo una caída —el timo que organizó con Rube Haskins—, decidió pasarse al otro extremo con todas sus consecuencias y convertirse en un demonio. Le recuerdo hablando de la candidez de los negros de campo. *Estado de gracia*, fueron sus palabras. Al tramar la estafa, renunció a participar en ese estado de gracia a la vez que se lo arrebataba a los suyos. Seguramente, estaba tan profundamente avergonzado de lo que había hecho, que sintió la necesidad de eliminar a todos los testigos. Al eliminar a esas personas estaba lavando su vergüenza. El primero en caer fue Ez. El siguiente, Jerry. Luego, Mary Polk. Después Vivian se libró por los pelos. Y el último de la lista fue Gigi, el asesino a sueldo de Melon.

–Sí –dijo Simard–. Según las revelaciones de su tía, tuvo que ser Melon quien envió a Lacroix a matarla. Pero ¿y los demás? Para mí son un interrogante abierto. Monsieur Melon pudo haberse encargado personalmente de asesinar a Mary Polk y a Brainard haciendo unos preparativos sencillos. Y, sin duda alguna, mató a Lacroix. Por lo que usted contó a la policía, todos los indicios apuntan en esa dirección: la noche en que murió Gigi, monsieur Melon se encontraba mal o fingió encontrarse mal debido a una resaca monstruosa. Se retiró a su despacho particular a dormir. Y, mientras André, usted y los demás actuaban, le fue muy fácil acercarse al metro, ir a la plaza donde Lacroix iba a citarlos, pegarse a él mientras charlaban y hundirle un cuchillo en el cuerpo discretamente. Regresó al Bricktop's y entró por la puerta de atrás sin que nadie se percatase de nada.

–Eso es. Yo había deducido lo mismo.

–Los motivos de que escogiera ese momento para eliminar a Lacroix no podemos saberlos con certeza. O bien Lacroix estaba demasiado informado de sus fechorías, o bien Melon sospechaba que, para variar, Lacroix iba a venderle una información auténtica a usted... datos que en sus manos entrañarían un riesgo excesivo.

–¿Qué le llevó a echarse al barro en un principio? Ésa es la cuestión, inspector. Me refiero a la estafa que montó con Ez en su día. ¿A qué presiones estaría sometido para renunciar por completo a sus principios?

–Eso es precisamente lo que no consigo comprender con respecto a este peculiar grupo de... no sé cómo llamarlos... personas desplazadas, expatriados. Valga por el momento ese apelativo. ¿Por qué incurrieron en tantos disparates? ¿Qué misteriosas fuerzas los movían?

–Cuando mi tía se alejaba en el coche, le pregunté: «¿Para qué necesitas el dinero?». Viv sabía muy bien que no tendría escapatoria después de matar a Melon. En ese momento no me respondió, y ahora todos los cheques de viaje se han evaporado. ¿Qué hizo con ellos? ¿Qué? Dios sabe cuánto me gustaría ser capaz de responder a esa pregunta cuando me la haga mi madre.

»Por lo que se refiere a Jerry Brainard, ¿sabe qué estoy empezando a pensar de él, inspector? Que, por muy malo que fuera, en cierta época quiso a Vivian casi tanto como a sí mismo. Que era un tipo débil, siempre metido en problemas, siempre cargado de deudas, y que la convenció de que desplumara a Ez porque en ese momento era el sistema más sencillo de lograr lo que necesitaba. Me pregunto si a la larga no se daría cuenta de que le habría ido mejor quedándose con Viv y ganándose la vida con el sudor de su frente como cualquier mortal.

Simard sonrió con amargura.

–¿Y qué me dice de Haskins? –preguntó–. ¿Qué necesidad imperiosa tenía él, en su opinión?

–Tenía necesidad de Vivian, imagino. Pobre demonio.

–Pobre demonio –repitió el inspector–. ¿Sabe que se ha formado una imagen muy indulgente de todos los personajes de este pequeño drama? Misterios aparte, yo nunca podría mirarlos con unos ojos tan compasivos. Pero, dígame una cosa: ha dejado al margen de esta complicada historia de expatriados a un personaje. ¿Lo ha hecho a propósito?

–¿A quién se refiere?

–A usted, amiga mía.

¿Yo? Sí, claro que hubiera podido aventurar algunas ideas sobre lo que me lleva a actuar como lo hago. Pero se me daba mucho mejor hacer adivinanzas y especular sobre los motivos de cuatro personas muertas. Que ya no estaban en condiciones de acusarme de cantamañanas.

Me encogí de hombros.

Llevábamos tres horas y media sentados a la mesa. Tenía que volver a la rue Christine.

–Me figuro –dijo monsieur Simard mientras lo acompañaba a un taxi– que André y usted... –dejó el resto de la frase en suspenso.

Sacudí la cabeza, sin atreverme a hablar.

—Ah —dijo sencillamente, pero esa única palabra pareció salirle del corazón.

Al cabo de unos minutos, dijo:

—Nanette —y me sobresaltó. Era la primera vez que me llamaba por ni nombre de pila.

—*Oui?*

—Usted quería a su tía, ¿verdad? Y pese al triste derrotero que tomó en la vida, cree que ella también la quería a usted, ¿no es cierto?

Asentí con la cabeza.

—Le recomiendo, Nanette, que acepte que todo el mundo tiene derecho a guardar sus secretos. Pero quizá pueda darle una respuesta muy práctica a lo que hizo Vivian con el fajo de diez mil dólares.

Lo miré expectante.

—Si Rube Haskins no veía más que por los ojos de su tía, es muy probable que le explicara quién era en realidad. Supongo que su tía sabía su verdadero nombre, dónde había nacido, toda su historia.

—Sí, parece lógico.

—¿Qué expresión ha empleado antes? ¿Saldar las cuentas? Puede que lo hiciera, con retraso y sin llegar a compensarle por todo. Pero no deja de ser una forma de saldar las cuentas —me dirigió una mirada benigna.

—¿Qué pretende decirme, monsieur Simard?

—La empleada que franqueó la carta de su tía la recordaba porque le llamó la atención su aspecto enfermizo. Como si tuviera fiebre. Después de dejarlos plantados en la Cité Prost, su tía Vivian envió un gran sobre a Estados Unidos. Es lo único que recordaba la señorita de la oficina de correos.

Ah. Puede que Vivian hubiera hecho un intento de última hora de reparar los daños que le había causado a Ez. Le había enviado su herencia a la familia de Ez.

Le planté un beso al inspector. No lo pude evitar.

—Le escribiré —dije.

—Excelente. Llevo diez años sin recibir una carta.

–¿Y usted me escribirá? –pregunté.
–En cuanto suceda algo interesante.

Me olvidé del helado.
Dio igual.
André se había ido.

Nan:
Vete. Deja las llaves en la portería. Vete. Vete. No regresaré hasta que te hayas ido.

Hice el equipaje a toda prisa, y eso es decir poco. Estoy segura de que me olvidé de algo. Pero sencillamente fue un despiste. Creedme.
Sí, pensé, había otra pista en la que no me había fijado como es debido. André estaba jugueteando con el piano eléctrico mientras yo me preparaba para acudir a la cita con Simard. Estaba tocando un tema más bien kitsch, estilo vienés, algo como «Fascination». Pero podría haber jurado que oí los primeros acordes de «Good-bye», de Gordon Jenkins, cuando ya bajaba por las escaleras.

Parting Is Not Good-bye
[Despedirse no es decir adiós]

Yo también escribí una nota. En el reverso de la que él me había dejado a mí. Pero, al final, no quise que la viera. La tenía guardada en el bolso.
¿Qué estoy haciendo aquí?
Mi sitio estaba junto a André, ¿o no? Él era quien tanto se preocupaba por sentirse «acogido» en algún lugar. Yo no, yo había dejado de preocuparme por eso. Comenzaba a aceptar que siempre estaría en los márgenes. A la mierda tu *lugar* en el mundo... Mi lugar era aquél donde estuviera André. Entonces, ¿qué hacía sobrevolando el mundo en dirección a Estados Unidos? Sola.
Vas a llevar a casa el cuerpo de Vivian. Eso es lo que estás haciendo. Su hermano le dará sepultura, y quizá también te la dé a ti.
Lo repito, mi sitio estaba junto a André, ¿o no? El único hombre que además de haber prometido entregarme el resto de su vida, que además de saber tocar al violín «Billie's Bounce», que además de mostrarse dispuesto a afrontar mi mala suerte, me quería tanto como para dejarse herir por una bala que en justicia tendría que haberme herido a mí.
—¿Madame? —dijo una voz suave.
El avión estaba medio vacío. La azafata del moño no me dejaba en paz. Ya había rechazado la cena a base de aves de caza, el salmón ahumado, los cacahuetes bañados en miel, el champán, el último número del *Paris Vogue* y los auricula-

res para ver la película de Julia Roberts. Cada vez que me ofrecía algo, volvía hacia ella mi horrorosa cara hinchada y trataba de responderle con cortesía y el menor número posible de palabras francesas.

Me había metido entre pecho y espalda un océano de café solo desde el principio del vuelo.

Mi estómago empezó de nuevo a despedir un gas venenoso cuando tuve una vez más la visión de Vivian yaciendo en el callejón, con la parte trasera de la cabeza destrozada.

Encendí la luz de arriba del asiento para disipar esa imagen.

Vivía demasiado volcada en el pasado. Ése era mi problema. En el fondo, para eso me servía la música. Además de ser mi descabellado medio de vida, y lo que más respetaba y amaba, era una vía de escape de este mundo tal y como es.

Aún peor, ni siquiera se trataba de *mi* pasado. Es como si toda la vida hubiera estado enganchada a las personas, a la música y a la manera de vivir de otra época, vivía con al menos tres generaciones de retraso. Hola, pequeña Nanette, corre el año 1969 y abres tus ojos al mundo. Bienvenida a la vida, querida. ¿Qué vas a ser? ¿Empleada de correos, directora de banco –que sepas que ahora nos permiten desempeñar esos cargos–, o un fenómeno de la informática? *¿Yo? Gracias, pero no, gracias. Preferiría ser Mary Lou Williams. ¿O Ivy Anderson? ¿O, sí, por qué no Sonny Rollins?* Nunca conseguía que me gustara la música que supuestamente debía gustarme. Ni el tipo de hombre que me convenía. Ni las ambiciones que deberían haberme impulsado hacia arriba. Me importan un pimiento esas cosas que emocionan y tienen atrapadas a las personas que toman cócteles en el Upper West Side o se codean con Spike en Fort Greene.

Sí, en la música del pasado había encontrado, como André, una manera de honrar a mis antepasados. Pero sabía que mi manera de vivir se basaba en un fraude. No sólo porque vivía en el mundo de la fantasía, no sólo porque me hacía pasar por lo que no era... por algo mucho peor. Lo peor es no vivir el aquí y ahora. Es una actitud cobarde, hipócrita, arrogante y errónea.

Y no les caigo bien a los demás chavales.

Con un poco de habilidad, podía pasarme todo el vuelo fustigándome. Supongo que esa voz que me decía al oído: *Si te sientes tan mal, será porque te lo has ganado a pulso*, era Ernestina.

La imagen de André empezó a solaparse con los recuerdos de Vivian. Sus gigantescos pies, y su manera de moverse, y el hoyito que remataba su espalda. El día en que me embarcó en el trepidante tour guiado por la ciudad, que fue el mismo día en que pisamos el Bricktop's por primera vez. Entonces le había tomado el pelo tachándolo de loco... diciéndole que su devoción por el pasado lo había perturbado. Bueno, quizá no era una simple broma; quizá *estaba* loco, loco de verdad. Y, al final, las frías gafas de cristales azules como de sicario que le tapaban los ojos, que le escondían y que me lo arrebataron durante los últimos días que pasamos juntos.

¿Que tu lugar está junto a él? —se burló Ernestina—. *Nunca volverás a verlo.*

Era una injusticia, una terrible injusticia.

Saqué un puñado de servilletas de papel de la bolsa del respaldo de la butaca y me restregué los ojos.

¿Continuaría André viviendo y trabajando en París? ¿Se quedaría en Francia para siempre? No le faltaban talento ni decisión para ello. Se convertiría en el orgullo de nuestros antepasados, sin duda, tanto de los famosos como de los desconocidos. Toda esa gente negra con un romanticismo exagerado que los impulsa hacia lugares lejanos, a dar de lado el aquí y ahora que les tocó soportar en Norteamérica. Llegaría un día, quizá, en que templado por los años, André se mostraría más comprensivo con Little Rube Haskins. Y con Morris Melon. Y conmigo. Con todo el puñado de eternos extranjeros.

André, no me cabía duda, alcanzaría la celebridad con sus libros, o llegaría a ser un venerable profesor, o un aclamado músico. Se... sí, me forcé a decirlo... se casaría y le darían la nacionalidad francesa, lo que tanto deseaba, y adoptaría con los años un papel como el del inspector Simard. La casa de piedra en el campo, un par de perros... toda la parafernalia. *Un homme français.*

El avión dio unos cuantos tumbos y luego se oyó por los altavoces la tranquilizante voz de barítono del piloto. En resumen, dijo: *Duérmanse tranquilos, todo va bien.*

¿Volvería a ver París? Probablemente. No soportaba pensar que podía morir sin haber contemplado de nuevo sus luces. ¿Volvería a llorar al pasar junto al Arco de Triunfo o al pasear por el Bois de Boulogne? Tal vez. ¿Sentiría de nuevo que la ciudad me pertenecía como yo le pertenecía a ella? Que no era simplemente una turista bien informada, ni tampoco una expatriada soñadora, sino el artículo genuino: *une femme française.*

Eso, seguro que no.

Agradecimientos

Quiero expresar mi agradecimiento a Lisa Carlson, Larry Eidelberg, Susanna Einstein, Estelle Gerard, Margo Jefferson, Martha Jones, Patricia Spears Jones, Frank King, Bill Kushner, Bernadette Mayer, Suzanne McConnell, Mark McCormick, Jackie McQueen, Shirley Sarris, Laurie Stone, Serpent's Tail, Lynne Tillman y Gary Woodard por la amistad y el apoyo que me han brindado, por el ejemplo que me han dado y por la suerte que me han traído.

Me gustan locas porque las cuerdas atan.

ISBN-13: 978-84-7844-976-7
ISBN-10: 84-7844-976-0
Depósito legal: M-16.999-2006
Impreso en Cofás